짚가리

창시문학회 지음

초판 발행 2015년 11월 26일
지은이 창시문학회

펴낸이 안창현 **펴낸곳** 코드미디어
북 디자인 Micky Ahn
교정 교열 성건우
등록 2001년 3월 7일
등록번호 제 25100-2001-5호
주소 서울시 은평구 갈현1동 419-19 1층
전화 02-6326-1402 **팩스** 02-388-1302
전자우편 codmedia@codmedia.com

ISBN 979-11-86104-32-3 03810

정가 10,000원

창 시 문 학

짚가리

창 시 문 학 열 여 덟 번 째 이 야 기

창시문학회 지음

詩는 더 넓고 깊은 우주를 관통하는 철학을 갖고 있다

여름의 자취보다도 빠르게

청춘의 기쁨보다도 빠르게

행복했던 저녁보다도 빠르게

그대는 오자 가고 말았다

여름을 사랑했던 쉘리의 詩句입니다

여름과 행복했던 시간들은 빠르게 지나간다는 의미이겠지요

그러나 지난여름은 쉘리의 詩가 무색하리만큼 긴 여름이었습니다

보통 여름의 한자락을 장마가 잘라가는데 장마가 없는 여름이었으니

통째로 태양의 잔칫날들이었습니다. 더더욱 9월의 기온이 기상관측 이래 최고의 기록이었다고 하니 사실상 여름의 연속이었습니다

雨氣節이 지나도록 소양강 댐도, 금강 댐도 채우지 못해 42년 만의 가뭄이라고 합니다

그래도 들녘을 누렇게 일구어 풍년의 기쁨을 안겨준 부지런한 농부에게 먼저 감사해야겠습니다.

그리고 하느님께 감사하며 어서 비를 내려 메마른 땅을 흠뻑 적셔 달라고 기도하는 마음입니다

이 가을에 우리 창시문학회는 열여덟 번째 이야기를 예년과 같이 튼실한 詩의

열매로 엮어 讀者 여러분께 선보이고져 합니다

삼라만상의 모든 자연은 예술입니다

미술과 음악과 문학의 원초적 모체도 자연에서 얻습니다

자연은 詩고 자연은 神이기도 합니다

인간을 기쁘게도 하고 때로는 슬프게도 하는 마법을 갖고 있습니다

그 마법 속에서 우리는 기뻐 노래 부르고 춤을 추고, 그 마법 속에서 슬퍼하며 눈물을 흘리기도 합니다.

하기에 미술과 음악과 문학은, 예술이라는 큰 틀 속에서 서로 도우며 존재하는 같은 질량의 가치를 갖고 있습니다

예술을 이해하는 것은 눈으로 귀로 느낌으로 연상되는 인간이 인간답게 살아가는 가장 격조 높은 삶의 質이라 하겠습니다. 그중에서 문학은, 그중에서 詩는 인간 본연의 가장 순수하고 심오한 그림입니다

우리 창시문학회는 詩로 행복을 빚는 사람들의 모임입니다

누구나 환영합니다. 함께 공부하면서 詩를 빚어봅시다

이 가을에 당신의 영혼을 맑게 하는 한 권의 시집을 올립니다

가까이 두고 많이 愛讀해 주시길 바랍니다

감사합니다.

창시문학회 회장 장의순

Contents

Contents

Contents

장의순

시인은 작은 공간에서도
우주를 본다

만추의 거리 | 표정 | 묘한 언어들 | 세월 | 방파제 | 눈 오는 날의 잔상 | 늙은 벚나무
호박예찬 | 산수유 | 벚꽃 길 | 아카시 꽃 향기 | 산 비둘기의 울음소리 | 민들레 1
영흥도 십리포 바닷가에서 | 가면

PROFILE

일본 동경 출생, 문학시대 신인상 등단, 한국문인협회 회원
문파문학회 부회장, 시대시인회 회원, 용인문단, 현 창시문학회 회장
저서 : 시집 『쥐똥나무』 공저 『문파문학』 『문파대표시선집』 『창시문학지』 『한국대표시선집』 외 다수

만추晚秋의 거리

잿빛 하늘 아래
몸부림치는 가로수 나뭇가지
황갈색 잎새 날리며 가을이 가네

질주하는 차들은 낙엽을 몰아가고
발아래 枯葉은
고독한 구르몽*의 영혼처럼 바스락거린다

가난해진
우리의 마음도
마른 잎 되어 차가운 길 위에 뒹군다.

---

*구르몽(Remy de Gourmont, 1858~1915) : 프랑스 시인, 소설가, 극작가, 문학평론가

표정

뿌연 겨울 유리창에
손톱으로 사람 얼굴 그려본다

^ ^ 새처럼 날아라 산처럼 솟아라
V 좋아 너무 좋아 가라앉는다

^ ^

^ 에이 심술이 났어

V V

v 웃는지 자는지 평온하구나

A, 뛰어오른 성적순이 행복의 조건은 아니라고
V, 승리만이 행복의 전부는 더더욱 아니라고

올랐다 내려가고
내렸다 올라가고
깊은 계곡에 따스한 봄바람 일고
산꼭대기 쌩한 겨울 바람도 상쾌하더라.

묘한 언어들

차라리
하필이면
두 詩題를 들고보니
흘러간 유행가가 생각난다

차라리와
하필이라면

현실을 외면한
두 언어가 닮았다
궁색할 때 적당히 붙여도
어색하지 않고 통하기 때문이다.

세월

어느새
바람처럼
휘익 휘익 날고

어느새
강물처럼
굽이굽이 돌아서

어느새
꿈결처럼
아물아물 지나네.

방파제

뙤약볕 아래
풍만한
여인의 하반신이
허옇게 일광욕하고 있다

쏴아~
광풍이 불면
몸부림치는 파도를
운명처럼 받아준다

눈 오는 날의 잔상殘像

내 어린 날엔
고향집에서
바둑이와 함께 뛰놀았고

내 젊은 날엔
슬픈 유랑자가 되어
영원한 동상凍霜지대를 홀로 달렸네

숱---한
세월의 더께 속에서도
채워지지 않은 욕망은
그리움인가 사랑인가

잡히지 않는 환상을 쫓아
끝없는
윤회 속을 헤매이었네

누구를 몰래 사모했기에
서러운 마음
찢긴 흰 나비의 날개처럼
떠돌고 또 떠도네.

늙은 벗나무

중랑천 뚝방
가로수 벗나무

하세월
풍상을 견뎌 온
아름드리 몸뚱이는
고대 그리스 철학자처럼 생겼다

옹이 지고
일그러져도

봄마다
탐스러운 꽃송이 피워올려
미풍에 조용히 흔들린다

쫓기듯
삶에 지친 도시인에게
무한한 희망과 기쁨을 주는
그 중후한 모습이 한 폭의 예술이다.

호박예찬

누르스름한 아름호박을 갈라보니
거기
이글거리는 태양의 궁전이 있었네
금은보화 가득 찬 은은한 향기
발그레한 천연의 색채가

....

나는 해마다 이맘때쯤이면 무엄하게도 태양을 해부한다
봄이 올 때쯤이면 멀쩡했던 호박이 흠집이 나고
흙으로 돌아가 부활하겠다고 제 몸을 썩힌다

....

햇볕 따사로운 둔덕 아래 동그랗게 구덩이 파고
밑거름 넣어 씨앗 심고 삼사일 지나면
씨를 물은 귀여운 떡잎이 고개 쳐든다

....

여름 내내 태양을 훔쳐먹고 배불리 황금알을 잉태한다
그 많은 알이 부화하여 사방으로 뻗어 주렁주렁 열매 맺고
청덩이 옥덩이 금덩이 식탁 위에 팔방미인이라
호박은 富의 상징이다

....

호박꽃

못난 여자의 대명사가 아니라 마음 후덕한 우리의 정서다
까칠한 미인보다
둥글둥글 모나지 않고
겉보다 속이 더 아름다워
남편 사랑받아 다산하는 쓸모있는 호박이고 싶다

산수유

입춘이 되도록
마른 나뭇가지에
새빨간 루비 귀걸이가 조롱조롱 달려있다
바로 그 가지가지 사이에
녹두알같이 단단한 햇 꽃봉오리가 쏘옥쏘옥 눈을 놀라게 한다
우리의 마음이 뜸 들일 사이 없이
연노란 꽃송아리 소복소복 피워 올려
은은한 고요 속에 새봄을 꾸민다

그대는 여린 듯 강인하여 꽃샘추위도 아랑곳하지 않았다
여름엔 푸른 열매 잎 숲에 숨기고
가을이면 홍보석 변치 않는 사랑이라
적막한 겨울엔 산새에게 먹이를
인간에겐 따뜻한 정서를 주었다
사계절 쉬임없이 사랑을 퍼 올리는
그대의 몸뚱이는 시꺼멓게 껍질을 벗기운 채 긴 겨울을 난다

산수유
그대는 헌신하는 어머님 모습 같구나.

벚꽃 길

천지가
화~안하다

하늘거리던
벚꽃
눈처럼 날려

집 앞 보도블록
아스팔트 찻길
산책길에도 꽃길이네

인심 좋은
봄바람아
공중에도 땅바닥에도

연분홍 꽃비늘
동그라미 내 사랑
넓게 멀리멀리 퍼져라

아카시 꽃 향기

오월 밤은
어딜 가나 여인의 분 냄새가 난다
어디서 맡아본 후각에 익은 향기

....

어머님이 즐겨 바르시던 코티분 냄새다
백 일 전만 해도 경대 앞에서 뽀얗게 분을 바르고 곱게 단장하시던
어머님
당신이 죽을병에 걸린 줄도 모르고

아무도 몰랐었네

곱게 차리고 나가시면 십 년도 더 젊어지셨다
마지막 가시던 길은
분장사가 눈화장까지 하여 얼마나 더 예쁘셨는지
아름다워지고 싶은 본능은
구순을 앞둔 어머님한테도 청청히 살아있었다

산비둘기의 울음소리

길섶에 잔설이 남아있는 산책길
선명하지는 않지만
뚜우 뚜우 뚜 뚜~
뚜우 뚜우 뚜 뚜~

어느 집에서 뻐꾸기시계처럼 녹음한 소리가 아닌가
아니다
내 머리 위 겨울 나뭇가지에 앉은 새 한 마리
나즈막히 운다
청회색깔의 산비둘기다

오랫동안 구슬프게 울어대던 새가 산비둘기인 줄 몰랐다
어떻게 생겼을까
한참 후에 새 이름을 알았고 이제 생김새도 보았다

사랑을 몰랐던 소녀 시절
봄이면 애절하게 울어대던
저 산비둘기의 울음소리를 듣고
크라이슬러*는 '사랑의 슬픔'을 작곡하지 않았을까
가슴 속에 사무치는 아름다운 '사랑의 슬픔'을 일찍이도 알게 됐다.

---

*크라이슬러(Fritz Kreisler) : 오스트리아의 작곡가

민들레 1

잔설이 잦아진 양지에
네 심장의 피돌림이 시작된다
너는 부지런한 봄의 정령
산이나 들이나 마을 길섶 삽살개 조는 댓돌가에도
깨어진 아스팔트 틈 사이까지
오고 가는 이 발길에 차여도
기어이 한 송이의 노오란 꽃을 피운다

땅을 물은 튼튼한 뿌리와
납작하게 엎드린 잎은 바람에도 끄떡없다
몸속에 흐르는 피는 쓸쓸하지만
네 모습이 스스럼없어
벌과 나비가 쉴 새 없이 찾아든다

그윽한 향기를 지닌 장미야 비웃지 마라
그대는 자신을 위해 고슴도치처럼 가시로 무장하고
화려한 몸짓으로 인간을 유혹하지만
그대는 인간에 의해 만들어진 것

여기, 누구도 돌보지 않는 낮은 곳에서
한 땀 비집은 틈새로 뿌리내리는 토종이 있어

네 노오란 꽃잎은 마음 가난한 이의 길동무라네
산비둘기 소리에 머리가 하얗게 세는 날
바람 타고 세상 구경 떠난다.

영흥도 십리포 바닷가에서

물 빠진 검은 갯바위 위를
나지막이 날으는 갈매기 떼
끼룩 – 끼룩 – 끼룩 –
떡을 물은 볼멘소리들

나는 시퍼런 파래를 입에 물고
깊은 호흡을 하며
전설 같은
갯내음의 의미를 찾아 헤맨다

긴– 영겁의 시간 속에
무수한 생명이 오고 가고
기쁨과 슬픔
꿈과 좌절과 고뇌의 진한 액체가 모여
비릿한 갯내음을 만들어냈나 보다

감색깔의 저녁 해가
회색 물속으로 빨려 들어가고
노을이 금세 져버린 바닷가

돌을 줍던 소녀도
소라를 따던 아낙도
잿빛 먼- 수평선을 바라본다.

가면

너가 내가 되었을 때
나 아닌 너로
변신의 춤을 춘다

내가 너가 되었을 때
실체의 내가
벌거숭이가 되어 춤을 춘다

너와 내가 춤을춘다
내면에서 끓어오르는
수많은 분화구의 폭발음을 들으며
신들린 광대처럼 춤을 춘다

이윽고
너와 나를 잃어버린
망각의 저편에서
고독한 자유와 마주한다

박하영

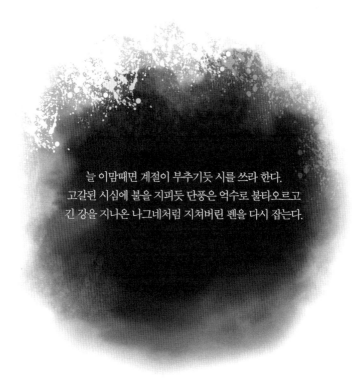

늘 이맘때면 계절이 부추기듯 시를 쓰라 한다.
고갈된 시심에 불을 지피듯 단풍은 억수로 불타오르고
긴 강을 지나온 나그네처럼 지쳐버린 펜을 다시 잡는다.

P R O F I L E

전남 함평 출생. 『창조문학』 시 부문 신인상, 『현대수필』 신인상 수상
창시문학회장 역임. 문파문학회장 역임. 현대수필, 분당수필 회원
수상 : 창시문학상. 저서 : 시집 『직박구리 연주회』 『바람의 말』

독백

누군가에게 편지를 쓰고 싶은 밤입니다.

풀벌레 소리 벌써 가을을 노래하고 달빛은 휘영청 서늘하기만 합니다.

언제적인가요? 펜을 놓아버리고 스마트폰만 끼고 도는 세상이 되었는지….

소통은 잘된다고 하지만 마음 속속들이 하고픈 말은 묻혀버리고 살게 됩니다.

밤새워 편지 쓰던 그 시절이 그립습니다. 보내고 나서 답장을 기다리던 그 시절이 아련합니다. 추억의 앨범 속에 들어있는 친구들의 모습 하나, 둘 떠오릅니다. 벌써 찬 서리 내린 머리카락을 쓸어 올리며, 이마에 깊어진 고랑을 바라보며 한숨짓는 소리 들립니다. 자식들 하나 둘 떠나보내고 외롭고 허전한 나이가 되었습니다. 이제 눈물은 보이지 마세요.

늘 웃음 띤 여유로운 표정으로 우리의 인생을 마무리해야 합니다. 눈감는 마지막 날에 평온한 쉼표를 찍어야 하니까요. 우리의 인생은 이렇게 속절없이 저물어갑니다.

경포대의 밤

경포대엔 달이 떠야 제멋이라고 했습니다
달은 숨어서 아니 나오고
가로등만 호수를 밝히고 있는 경포대
둘레 길엔 나이를 지긋이 먹은 나무들이
듬직하게 자리를 지키고 가끔 빛나는 조각상들
주변 어둠 속 갈대밭엔 속삭이는 바람 소리
숨죽이고 있는 방죽의 연잎들
산책하는 이들의 발걸음조차 적막한 밤입니다
달이 뜨면 호수에도 달 하나 박혔으련만
마음속에 그 달은 담아두기로 한 밤
저 가로등 불마저 없으면 얼마나 고적할까요
산책 나온 이들이 있어 그나마 경포대의
밤은 외로움을 덜었습니다
호수 가운데 정자 같은 섬 하나 불 밝히고 있어
신선이 사는 양 신비한 밤 풍경 속으로
경포대의 밤은 깊어가고 있습니다

갓 바위 얼굴

오랜 세월 비바람 흔적
고스란히 몸에 배어
모질게 지켜내느라
온몸은 상처투성이
이 땅의 흥망성쇠를 같이하고
유달산 노적봉의 전설을 알기에
의기양양한 갓 바위 얼굴
파도에 깎이고 시달려도
야무진 버팀 바위로 남아
굳건한 망부석이 되기까지
천년만년 이 땅의 지킴이가 되다

뜨거운 레몬차 한 잔

난 당신께 뜨거운 레몬차 한 잔을 드립니다
향기도 그만이고 상큼한 맛도 일품인 레몬차를
천천히 음미하며 삼키노라면
아 인생은 이런 맛이 있어 괜찮은 거구나
하실 걸요
마음에 근심 같은 것도 쉬 날려버리고
레몬 맛처럼 새콤달콤 인생도 그렇다고
고갤 끄덕일걸요
이 차 한 잔으로
가슴 가득 밀려오는 따뜻함을 맛보세요
가슴 가득 시원해지는 상큼함도 맛보세요
인생은 별거 아니거든요

문경새재 오르며

오르다 오르다 발이 아파서
신발을 벗어들고 맨발로 걷다
촉촉한 황토흙 발에 스며들어
짜증스럽던 발이 생기를 되찾다
잘 닦인 산책로 갓길에
붉은 철쭉 하늘거리고
아래 둑엔 애기똥풀 꽃
엉거주춤 눈 맞추고 있다
그래 힘내 조금만….
끄덕끄덕 고개 흔들며 귀여움 부추긴다
바람이 한바탕 지나가다가
호호호 노랑 애기똥풀 일으켜 세운다
오르는 발길 어느새 힘이 솟는다

복숭아 사랑

7, 8월 뜨겁던 태양
고스란히 가슴에 품고
발그레 뺨을 붉혔습니다

비바람 천둥 치던 날
참고 견뎌온 그 아픔 이기고
비로소 풍만해진 속살
향기로운 꿀로 가득 채우고
불타는 유혹의 눈길을 보냅니다

지난날의 고통 이기지 못했다면
볼품없이 뭉그러지고 말았을 것을
오늘을 위해 참아온 그 사랑 갸륵합니다

달콤히 풍겨나는 완숙한 육질
그 성숙한 향기에 매료되어
세상은 이리도 아름다운 것을

이 사랑 시들기 전 나를 받아주오
잠시라도 이 생명 다하기 전
달콤한 내 사랑은
온통 그대의 몫

바다에 또 왔습니다

바다는 자꾸 나를 부릅니다
뭔가 나를 잡아끄는 끄나풀이 있어
자꾸만 바다 쪽으로 썰물처럼 빠져듭니다
모래사장엔 숱한 발자국이 지나갔고
날마다 파도는 밀려와 발자국을 지웠습니다
갈 때마다 지나간 발자국을 찾았지만
영영 찾을 수가 없었습니다
파도는 늘 먼발치로 달려와 천둥 치듯
흰 물거품을 튀기며 달아났고
내 심장은 평정을 잃고 무너져 내렸습니다
오늘도 파도는 하얗게 기세를 드높이며
무지막지 달려와 산산이 부서지고 맙니다
지나온 발자국까지 흔적 없이 지우는
바다의 무서운 위력 앞에
덧없이 빠지려고 또 왔습니다

서우봉 해변의 바람

새벽에 찾은 서우봉* 해변은
바람이 심해 정신을 차릴 수 없었습니다
드높게 파도를 몰고 오다가 해변에 철썩 부서지는
광경은 꽉 막혀있던 가슴을 서늘하게 했습니다
성난 사자처럼 나를 붙잡고
머리카락과 옷자락이 세차게 휘날리며
내 몸은 바다 쪽으로 기울어졌습니다
그때 해안 기슭에 납작 엎드려 바람과 싸우는
풀들을 보았습니다
허리가 휘어질 듯 엎드려 생을 붙잡고 있었습니다
지나온 날들이 저 풀잎이 잡고 있는
삶보다 허술했다는 걸 알았습니다
바람을 피해 자숙할 줄 알아야 한다고
서우봉 해변의 바닷바람은
나를 다시 일으켜 세워주곤
서서히 물러갔습니다

---

*서우봉 : 제주 함덕에 있는 해변 이름

파도에 꿈을 싣고

시퍼런 바다 위에 둥둥 떠 있는 섬
이 땅의 가장 끝 남쪽의 섬
억겁의 세월 부딪히는 파도에 씻기고 깎여
해안의 검은 돌들은 숭숭 구멍이 뚫렸다
짙푸른 바다는 시리도록 파도를 몰아오고
해풍에 나부끼는 허연 억새풀들
팔랑개비처럼 흔들며 손님을 맞는다
오면 곧 떠날 사람들 반가운지 서운한지
고개까지 내두른다
오늘도 철썩이는 파도에 꿈을 싣고
육지로 오가는 저 배
마음만 파도 따라 떠나보내고
눈동자엔 파란 바닷물이 들고
귀까지 먹먹해진 마라도 사람들
구경 온 손님 마음 헤아려
회 한 접시 푸지게 내놓는다
섬 한 바퀴 돌아도 한 시간 남짓
조그만 성당의 그림 같은 모습
카메라에 담고 돌아서는 길
이곳에 터를 잡고 사는 토박이 주민들

귀 아프도록 파도 소리 위안 삼아

부디 잘 살기를

마음이 찡하도록 두 손 모아본다

그리움의 색깔

내가 그림을 그릴 수 있다면
아련한 유년의 시절로 돌아가
그리움이 선명한 수채화를 그리고 싶다

오래된 그리움일수록 투명한 색깔로
고향의 양지바른 언덕과 들판
늘 첨벙거리며 뛰놀던
시냇가를 그리고 싶다

냇둑에 피어나던 앙증스런 패랭이꽃
언덕을 촘촘히 수놓던 제비꽃
길가에 다닥다닥 박힌 민들레꽃
이런 꽃들의 색깔을 겹쳐서 칠하다 보면
내 그리움의 색깔은 무슨 빛이 될까

코발트 빛 하늘색이 될까
들판에 출렁이던 초록 물결이 될까
진한 그리움의 색깔을 칠하고 싶어
저만큼 봄이 오고 있는 이 밤
시름시름 몸살을 앓는다

석류의 생애

넌 태어날 때부터 단단한 껍질로
보호막을 준비했다
안으로는 얇은 칸막이를 하고
오롯이 숨기고 싶은 보석을 채우기 위해
너의 한 생애는 오로지 그쪽으로만 치달았다

마침내 알알이 보석은 붉게 영글고
터질듯 부풀어 오른 배불뚝이가 되어
켜켜이 드러난 홍옥빛 구슬들
기꺼이 세상에 내놓은 황홀한 순간

사람들은 너를 탐하여 찬사를 보낸다
회춘의 마법사라도 만난 듯
아마도 전생에서 보내준
이승의 구원자라고 유혹한다

우리 집 지킴이 관음죽

우리 집 온 지 서른 해가 훌쩍 넘었다
서른 둘 먹은 딸보다 먼저 우리 집에 발을 들였으니
나잇살께나 먹은 너는 있는 듯 없는 듯
베란다 한 귀퉁이에 터를 잡고
기둥처럼 버티고 서서 사철 푸른 그늘을 만들었다
해준 거라곤 물주고 분갈이한 것 밖에 없는데
튼실하게 가지를 뻗고 잎은 무성했다
특별히 널 귀히 여기지도 않았는데
변함없이 그 자리를 지키며
우리 가족의 지나온 날들을
샅샅이 기억하고 있을 터
슬플 때나 기쁠 때나
네 마음은 내 마음과 다르지 않았다
제 몫을 다하고 두 딸이 시집간 후
두 식구만 덩그러니 남은 지금
듬직한 아들처럼 제자리를 지켜 서서
허전한 외로움 달래준다
이제야 알겠다
넌 우리 집 튼실한 지킴이다

포도주가 익어가듯

포도주가 익어 가는 저물녘입니다
술을 빚듯 우리의 삶이 오죽 고단하였습니까
슬픔 기쁨 어우러져 자연스레
발효되는 우리의 인생도
맛좋은 포도주처럼 익어가고 있습니다
저물어 가는 태양을 탓하지 않습니다
웃음도 울음도 가슴속에 버무리며
기쁨으로 충만한 시간입니다
내 목숨 고스란히 불사르기까지
소중한 시간의 다리를 건너며
숙성되어 가는 삶을 사랑하겠습니다

차 한 잔을 마시며

혼자라도 좋다
마음을 비우고 싶을 때
차 한 잔을 음미하며 고적함을 달랜다
가슴 밑바닥에서 밀려오는 그리움의 파장
찡한 슬픔이 봇물처럼 터진다

솔베이지송이 아련히 깔리고
지난날의 추억이 오버랩 된다
지금 그들도 희끗희끗한 머리카락 휘날리며
차 한 잔으로 마음을 달래고 있을까
외로움을 차에 타서 음미하며
지난날을 반추하고 있을까
노을이 지는 강변으로 자꾸만
마음은 줄달음친다
강변은 고향처럼 나를 손짓하며 부른다

차가 식는다, 따스한 온기를 채워 찻잔을 기울인다
이젠 짐을 내려놓을 때다
애틋한 마음도, 그리움도 내려놓고
정갈한 차 한 잔으로 마음을 다스릴 수밖에

밤바다

어느 먼 곳으로부터 숨차게 몰려오는 너의 정체
철썩 때리는 회초리보다도 더 거칠게 해변을 때리는
포효하는 분노
어두운 바다를 밤새도록 달려와 거칠게 부려놓는
지친 한숨
꺼지지 않는 분노가 산더미처럼 기승을 부리다가
그만 산산조각 부서져버리는 너의 운명

저물어가는 내 마지막 생을
저 아픔 속에 던져도 좋을까

백미숙

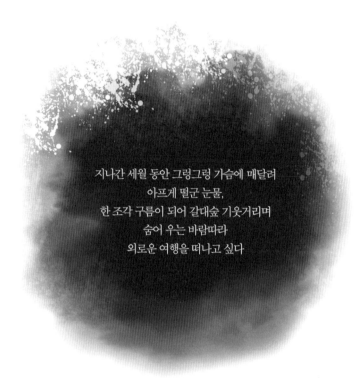

지나간 세월 동안 그렁그렁 가슴에 매달려
아프게 떨군 눈물,
한 조각 구름이 되어 갈대숲 기웃거리며
숨어 우는 바람따라
외로운 여행을 떠나고 싶다

P R O F I L E

제주시 출생. 『한국문인』 신인상 시, 수필 등단. 한국문인협회 동인지 연구위원, 국제pen클럽 회원,
한국수필 부이사장, 문학의집서울 회원. 창시문학회장 역임. 문파문학 명예회장
수상 : 창시문학상, 새한국문학상, 황진이문학상본상, 문파문학상 외 다수
저서 : 시집 『나비의 그림자』 『리모델링하고싶은 여자』 공저 『한국대표명시선집』
『문파대표명시선집』 외 다수

눈꽃

하—얀 눈꽃이
웃음을 날리는데
가지에 매달린
고드름이
굵은 눈물방울 떨군다
눈물에 젖은 꽃잎이
녹
　아
　　내
　　　린
　　　　다
바람이 손을 흔들며
가지 사이로 달아난다
하—얀 눈꽃이
떨
　어
　　진
　　　다

슬픈 얼굴 하나

사르르 사르르
보슬비 스며드는 냇물 속에
슬픈 얼굴 하나 떠오른다

한 송이 빨간 장미꽃보다
더 눈부신 아름다움으로
넌, 내 가슴을 뜨겁게 했다
아침에 눈을 뜨고
네가 방긋 웃으면
세상이 온통 내 품 안에 있었다

한 달 두 달 석 달하고
스무이레 지난 날
장미꽃잎 비에 젖어
한 잎 두 잎 떨어지던 날
너는
슬픈 얼굴로 고요히
눈을 감고 말았다
서럽게 서럽게 내 눈물은
냇물처럼 흘러내리고
만남과 헤어짐은
기쁨과 슬픔인 것을

오늘도
냇물 속에 슬픈 얼굴 하나
달님처럼 동그마니 떠오른다

참회

캄캄한 밤하늘
내 별 하나 찾아
한참을 바라보다가
그냥
서럽게 눈물이 났다

아무도 없는 창가에 앉아
오직
나 자신만 생각하며
한참 울었다
별도
나를 따라 울었다

내가 아는 모두를 사랑하겠노라고
내가 아는 누구도 미워하지 않겠노라고
다짐을 하고 나니
가슴 속에 꽂혀 있던 수많은 화살이
혈관을 타고 온몸으로 녹아내렸다

눈물에 흠뻑 젖은 눈도,
가슴도, 별처럼
맑고 정갈해진다

또 가을은 오고

손바닥에 움켜잡은
모래가
손가락 사이로 흘러내리듯
시간은 바람처럼 흩날리고
세월은
연기처럼 사라졌다

또
가을은 오고
나는
핏빛 물든 산야에 구르는
낙엽이 된다
핏물 흐르는 골짜기에
누워 있는
나를
수많은 사람들이 밟고 지나간다
맨살 곪아 터지듯
너무 아프다
붉은 눈물이 나무를 적신다

감나무 밑에서

엊그제
초록 꿈 헤이며
화려한 오늘을 그렸으리라

주렁주렁
가지가 찢어질 듯….
감나무에 풍년이 들었다

언니는 긴 장대 들고
나는 광주리 받쳐 들고
주먹 같은 그놈을 와삭와삭 씹어 삼키면

온통 가을이
입속에 가득 나를 삼킨다

낙엽

가을의 끝자락에 매달려
햇살에 반짝이며 몸을 움츠린 아침 이슬
이파리 사이로 미끄러져
여윈 가슴으로 굴러떨어집니다

가슴에서 현을 퉁기는 소리 들립니다

고독을 삼키면서
영혼이 서서히 눈을 뜨고
잃어버렸던 것을 찾아 나섭니다
그러나
내가 붙잡고 있던 것들 다 떠나고
빈껍데기만 너풀거릴 때
고독은 나를 탐닉합니다
들판에 지천으로 흩어진 풀 내음
가슴을 훑고 지나가는 쏴한 바람
슬픔이 왈칵 밀려옵니다
가을비에 젖어 흐느적거리는
나를, 고독이 삼켜버립니다

가을이,
나를 밟으며 빠르게 지나갑니다

발톱 하나

슬리퍼를 신고 급히 걸어가다가
돌부리에 넘어져
엄지발가락이 퉁퉁 부었다
발톱이 새까맣게 멍이 들고
쩔뚝이며 걷는 게 여간 불편하다

한참을 고생하다
발톱은 떨어지고
발톱 하나 없다고
뭐가 그리 못 견딜까

의족에 목발 짚고
이십여 년을 걸어 다니는
사촌 동생의 맑은 눈동자가
서럽게 가슴을 적신다

사랑은

모세 혈관이 움츠러들고
숨을 들이켜는 생명의 끈이
겨울나무 줄기에 붙어 흔들리는
한 장의 잎사귀처럼 서러워질 때
사랑은,
여름 한낮의 소나기로
쓰나미처럼 가슴속 후빈다.

은쟁반처럼 둥근 보름달은
잘려나간 손톱처럼 떨어져 뒹굴고
장작불처럼 뜨겁게 타오른 태양이
하얗게 부서져 서산에 내려앉으면
칠흙 같던 머리에 서리 내리고
그제서야,
눈꺼풀 덮인 사랑
샘물처럼 가슴에 고인다

찌개를 끓이며

찌개를 끓이려고
양파 껍질을 벗긴다
미움 한 꺼풀 벗겨내고
그리움 한 꺼풀 벗겨내니
숨겨진 속살에 베어 있는
어슴한 슬픔
가슴 떨리던 삶의 자욱
동그마니 남아 있어
아린 눈물 떨구게 한다

옆구리 찢어진 호박
날 선 칼날에 짤리어 떨어지고
피 묻은 살코기 한 조각
손아귀에서 버둥거리며
허기진 도마 위에 좌판을 벌인다

꼬깃꼬깃 접어둔
지난 이야기들,
앙금처럼 가라앉아
남아 있던 상처들,

펄펄 끓고 있는
된장찌개 속으로 한꺼번에
모조리 쓸어 담는다

삶과 죽음의 조우

자신의 건강에 자만했던 지난 세월
가녀린 나뭇가지에 매달려 벌벌 떨고 있는
날개 찢긴 참새 같은 심장
찬 서리 맞은 이파리처럼
야위어가는 걸 느끼지 못하고
달님이 잠자는 은빛 연못 속에서
등비늘 반짝이며 헤엄치는 금붕어처럼
여유로운 모습으로 자유하며 살았는데

심장 한구석 찢어진 틈에서
얼음장 깨어지는 소리 들리는 걸
무심한 마음으로 지나쳐버렸지
작은 창틈으로 별빛 스며든 깊은 밤
잠깐 물고기 부뢰처럼
가슴이 펄떡이며 부풀어 오르고
죽음의 초침과 두 손을 맞잡은 순간
의식을 잃어버린 무아의 경지에서
번쩍 내 옷깃을 붙잡은 번개의 눈
삶과 죽음이 조우하는 등고선이었다

호숫가에 앉아서

가마솥처럼 뜨겁던 여름은 가고
산과 들은 온통 물감이 뿌려졌다
빨강 노랑 주홍 갈색….
가을은 기온으로 오지 않고 색깔로 오는구나

호숫가에 홀로 앉아 높은 하늘을 본다
솜털구름 사이로 은빛 꼬리 흔들며
날아가는 비행기
문득
나 홀로 어디론가 떠나고 싶은데….

되돌아오지 않을 이 시간….
세월은 번개처럼 지나가 버리는데….
눈물 한 방울
발등에 떨어진 단풍잎을 적신다

시장 골목에서

삶에 지쳐 그만 끈을 놓아버리고 싶을 때,
난 사람들 웅성거리는 시장 골목을 걷는다

수레 위에 수북이 쌓인 양말 다섯 켤레에 단돈 천 원이라고
새파랗게 젊은 청년이 소리소리 지른다

하늘색 점버 흔들며 나비 춤 추는 아낙네
이것저것 들춰 보다 던져버리고 가는
아저씨의 뒷머리에서 주먹을 휘두른다

빨랫줄에 연 걸린 듯 티셔츠 널어놓고
삼천 원에 두 장이니
안 사면 후회라고 내 손을 붙잡는다

쑥개떡 한 바구니 치마폭에 감싸 안고
가는 사람 오는 사람 붙잡는
할머니 입술은 까맣게 타고 있다

골목길 나오다 수레 위에 썰어놓은
파인애플 한 조각 입에 물고
목마름 달랜다, 후우--
삶의 끈을 다시금 단단히 조여 멘다

바람의 선택

우리는 지금
불확실한 세대에 살고 있다
어제는 노랗게 물든 은행잎 나뒹굴더니
오늘은 하얀 눈 펑펑 쏟아져
미끄러진 자동차들은 서로 부딪쳐 아우성이다
빗나간 일기예보 탓한들 무슨 소용 있겠나
계획된 일정과 시간이 엇갈리는 현실에서
우리는 지금
선택의 기로에서 서성이고 있다
좌로 가야 하나, 우로 가야 하나,
그냥 제자리에 서 있어야 하나
어차피 가야 할 길인데도 바람의 방향을 알 수 없어
입술이 까맣게 탄다
겨울의 옷자락 붙들고 날아온 매몰찬 눈발은
천지를 휘감아 오는데
따뜻한 구들목에 누워
귀뚜라미처럼 옛노래를 부르고 있어야 하나

우리는 지금
선택의 방향키를 눌러야 한다

빙점氷点

이른 새벽 내린 찬 서리에
얼어버린 풀잎처럼
하얗게 질려있는 내 심장의 피를
그대여
펄떡이는 고래 심장의 뜨거운 붉은 피로
가득 채워줄 수 있겠니
처마 끝에 매달린 채
온몸의 살점 녹아내리는
고드름 같은 내 영혼의 빙점

새벽 두 시
칠흙 같은 어둠으로 방안을 가득 채운
절대고독이
세탁기 돌아가는 소용돌이처럼
잘근잘근 내 몸속의 실핏줄까지
겨울비에 젖은 듯 스며들고 있다
방금, 하늘이 무너져 내린 것처럼
마지막 남은 작은 숨구멍 하나
파장한 장터에 얼어붙었다

짚가리

새우잠 뒤척이다가
'후두둑'
내 이름 부르는 소리 들려
번데기처럼 굳은 몸뚱이 잠 깨워
밖으로 나갔다
몽롱한 머리 후려 때리는 빗줄기,

시어머님은 벌써 짚가리로
파랗게 돋아난 푸성귀를 덮어주고 있다
썩지 않도록 물길 열어주며
너는 어서 들어가 더 자라고
두 손을 내젓는다
까마귀 발가락처럼 엉킨 손마디,
자식들 품에 안아 젖 물리며
당신의 알맹이 아낌없이 내어주고
발바닥까지 엉겅퀴가 되어버렸다

앞뜰 감나무 나이테 열 개가 더해지고
내 머리에도 서리가 내렸는데
짚가리 같은 시어머님의 미소
사랑의 빗물로 가슴 가득 고여있다

전정숙

외로이 서 있는 나무

가슴속 비 | 갈대 그리고 네모난 상자 | 감 | 고목나무 | 구멍 | 기도
까치의 새벽 | 꿈속에서라도 그대를 | 나의 한 부분 | 발장난
상처입은 영혼 | 시간 | 자연으로 | 지금의 나 | 핸드폰

P R O F I L E

창시 문학회 회원. 수상 : 제4회 성남시 장애인 예술제 금상, 2007년 전국 장애인 근로자 문화제 입선(산문학 부문), 제6회 성남시 장애인 예술제 금상, 2008년 경기도 장애인 종합예술제 대상(글짓기 부문), 구상 솟대문학상추천완료(2008, 시), 제2회 전국 장애인 종합예술제 대상, 제7회 성남시 장애인 예술제 금상, 제8회 성남시 장애인 예술제 금상, 제2회 대한민국장애인 음악제 창작음악 공모전 작사 부문 대상 입상, 제15회 민들레문학상 공모전 장려(2013, 동화)

가슴속 비

한 방울 두 방울
뜨거운 빗방울이 뺨으로
내려온다.
벽이 꽉 막혀서인가 보다

흘러내리는 비가 촉촉이
벽을 허물어 넓은 세계로
만들어놓았다
시커먼 돌 하나

가슴에 앉아 두 뺨에 뚝뚝뚝
흘러 흘러가 넓은 바다가 되었다
잊혀져가는 그림자

갈대 그리고 네모난 상자

호호 촛불을
사랑스럽게 품어
차가운 가슴 따뜻한
난로 만들어

흔들흔들대는
작은 갈대들 모아
따스한 마음 전해주면
갈대들 힘 되어
흔들리지 않을까

가득 고민을
네모난 상자 안에
풀어 넣으면
커다란 길 보여진다

감

수줍은 그녀는 벤치 위에 앉아
누군가를 기다리고 있다
천천히 그가 다가와 키스한다

사랑을 나누고
붉은 얼굴 터질 듯한 가슴으로
밤새 웃고 웃는다
또 하나의 씨앗이 바람의 손을 잡는다

고목나무

흰 머리 가득한 허리 꼬부라진 한 여인
자식들 걱정에 하나둘 생긴 주름

아홉 살에 보아왔던 커다란 손
검은 머리 힘으로 네 남매를 키워왔던
느티나무는
어느새 늙은 고목이 되어있다

철부지 아홉 살
마흔이 되어

하얗게 내린 눈
거북등처럼 갈라진 손
이제야 엄마의 마음을 느낄 수 있다

늙은 고목 곁에 참새 떼 조잘조잘
가지가지마다 앉아 노래를 부른다

구멍

뻥 뚫린 깡통 하나
구멍을 메꾸려 하면
할수록 더 커져만 간다

채우려 채우려 할수록
더 구멍은 커져만 간다
아이구 한숨 소리를 듣는 그는
거친 호흡을 하며 인생길을 가고 있다

기도

파도가 휩쓸고 남은 자리에
공허함이 남아 있다

바람이 세차게 불어온 자리에
눈물 자국이 하나둘 맺혀있다

지금 텅 빈 마음이 한 줄기 빛으로
채워지길 두 손 모아 기도해본다

까치의 새벽

새벽 6시 하늘 높이 훨훨 날아다니다
흰 구름 속으로 들어가 아침 공기 흠뻑 마시고
하늘 위를 뱅글뱅글 춤추고 환한 세계 속을 헤엄쳐 간다.
물 한 모금 입에 물고 긴 터널 속에 하나둘 보이지 않는 미래
두 날개를 펴 환한 둥지를 향해 날아간다

꿈 속에서라도 그대를

달콤한 그대의 말 한마디
사랑을 알고
쓰디쓴 소주 한 잔을
입에 넣어 맛보았다

그리움에 목말라하였고
베갯잇을 눈물로 적셔
꿈에서 그대와 함께
달달한 희망을 속삭여

그러나 새벽 찬 공기에
눈 떠보면
외로이 서 있는
소나무 한 그루
또다시 잠이 든다

나의 한 부분

쌩쌩 불어온 바람
그 앞에 말라비틀어져 있는 그가 구르고 있다
매서운 바람을 이기고 싶은 걸까
구르고 구르고 있다

바람이 데리고 온 앞마당 소나무 위에 누웠다
푹신푹신한 침대에 누워 고단한 삶을 잠시 쉬고 있다

또다시 바람이 분다
몸이 훨훨 날고 있다
어디로 가야하는지 모른 채
쫓아가고 있다

발장난

작은 발이 안녕 인사한다.
툭툭툭 아픈 허리 두드려 주고
발레한다

커다란 엄마 샌들 신고
꿈을 꾼다
자기야 나 좀 잡아봐라 뜀박질한다
등에 예쁜 아이 업어 자장가도 불러본다.

물속에서 헤엄쳐
넓은 세계 나가려 발장난 한다

상처입은 영혼

땡글 땡글
굴러 굴러 어디로 가는 건지
모른 채 가고 있다

쿵
몸에서 쓰라리다 소리친다

어찌할 바를 모르고
뱅글 뱅글
세상을 돌고 있다

상처와 손잡고 가고 있다

시간

뚜벅뚜벅 한 발씩 걷고 있다
흰 바람 맞으며
시간은 거리에 여행을 타고

거친 보도 블록길
전동 휠체어는 헤매고 헤맨다
넓은 세상길 가고 싶어
아라비아 길을 천천히 즐기고 있다

자연으로

곱게 화장을 한다

상큼한 공기로 스킨 바르고
여름의 희망 로션을 발라 보고 밝은 하늘색
아이새도우 찍어
꿈을 펼친다

붉은색 꽃잎으로 립스틱 발라
오늘 만남을 기다려 본다

지금의 나

먼지 먼지가 모여
어두운 그림자가 생긴다

흔들거리는
가을과 겨울 사이
서 있는 나무들

한 송이 꽃이라면
눈물 한 방울이라면
피어나는 새싹이라면
좋겠다

핸드폰

사랑이 그리워 중지는 추억을 찍는다
다정한 목소리가 들려온다
잘 살고 있느냐고 묻는다

눈물이 글썽글썽 맺혀 고개를 끄덕끄덕거린다
외로움을 잊기 위해 카톡을 보낸다

보고 싶다고 그럼 금방 갈게 스마일로 답해준다
거울 속에 비쳐진 세상이 두려워

누군가에게 꼭꼭 눌러 두렵다고 얘기한다
하나님께서는 내가 옆에 있다. 속삭여주신다

김용구

지구촌에서 숨 쉬고 살면서 자연 사랑과
섬김을 시어로 그려보고 싶었습니다

봄이 오려는 듯 | 함박꽃 | 은행거리 소공동 추억 | 가을이 오는 길목 | 시골집 절구통
용평 고랭지 농장 | 꽃동네 마을 | 대부도 | 여름날의 하루 | 자작나무 숲길
건국 대통령 | 베른 성지를 찾아서 | 어느 따뜻한 가을 | 10월 즐거운 어느 토요일
교황이 남긴 발자취

PROFILE

충남 논산 출생. 『문파문학』 시 부문 당선 등단. 창시문학회 부회장
저서 : 공저 『그림이 맛있다』 외 다수

봄이 오려는 듯

사랑 나눔이 있는 뜰에
비비추 새싹 고개 내민다
돌 단풍 새싹도 꽃처럼 빨갛다
산수유 꽃방울 터지니
다쳤던 마음 부풀어 오른다

부옇게 낀 미세먼지
마음 구석까지 흐리더니
햇살 한 조각 바람 한 줄기 찾아와
세상은 온통 연두 물빛으로 변한다

보드라운
그 작은 온기와 격려에
새싹 돋아나고 꽃이 피어나고
수근수근
봄이 오는 소리에 귀 기울여본다

함박꽃

평온하고 청량감을 주는 시골
장독대 옆에 피어난
작약 함박꽃

꽃송이 벙글 때
순백의 은은한 향기
타는 정열의 향기
우리 어머니
꽃향기 맡으며 미소 지으셨지

여름 지나 가을
죽은 듯 말라있다
새봄에 새움 돋아올려 아름다운 꽃 피고 지고
싱글벙글 바라보시던
우리 어머니

은행거리 소공동 추억

조선조 태종 둘째 딸 경정 공주공
소 공주동을 소공동으로

중앙은행 시중은행 본점이 있는 소공동 옛 모습
코 큰 외국인 왕래하던 신비의 집 조선 호텔
남산 터널로 오가는 차량 행렬

길 건너 명동
예비군복 입고 비상 훈련 후
맛있게 먹었던 설렁탕 식사
낭만 추억이 깃든 골목

소공동에서
집사람 만남
쑥스러워했지만 행복했었지

직장 퇴직 후 소공회 모임
근년까지 지속되다가 어느 날 모임 없어지고
가끔 만나면 서로 안부 묻는다

오늘 소공회 함께한 선배 유고 소식
명복 빌고 옛 생각에 잠긴다

가을이 오는 길목

처서 지나
아침저녁 서늘한 바람 분다

매미 잠자리
여름 풍미하던 곤충 겨울 준비하고
가을 풀벌레 소리 은은히 들린다

잠자리 한 마리
거미줄에 걸려
몸부림 속에 조이고
어쩔 수 없이 다른 생명에 맡긴다
알 수 없는 자연의 질서 속에
계절은 가고 오고

시골집 절구통

절구통 절굿공이
고향집 지켜주던 수호신
쌀 찧어 흰 가루로
온 마음 들뜨게 했던 고향 마을

삶의 상징이었던
이제는 장식에 쓰는 절구통
세월 따라 우리 모습 변해가고
절구통 그 모습 쓸쓸해 보이네

푸른 이끼 낀 돌담 장독대
주렁주렁 마늘 걸려있던 곳
말없이 지켜주던 절구통
따뜻했던 고향집

용평 고랭지 농장

삼척으로 가는 길
한 쌍의 부부
풍차 휘날리는 농장에서
다정한 모습으로 일하고 있네

고랭지 배추 재배하는
농부의 빠른 손길은
희망에 넘쳐있네

멀리 보이는 집 한 채
행복의 보금자리

길벗
음악 감상하며
잠시 쉬어갈 수 있는 보금자리 농장

꽃동네 마을

얻어먹을 수 있는 힘만 있어도
그것은 주님의 은총
40여 년 남의 밥 얻어다 자신보다 못한 걸인들 보살피며
살았던 최귀동 할아버지 뜻 따라

의지할 것도 얻어먹을 수도 없는 분을 위해
꽃동네 설립한 오웅진 신부

충북 음성군 맹동면 인곡리 꽃동네
한 사람도 버려지는 이 없는 모든 사람이 하느님 같이 우러름을 받는
이웃 내 마음같이 사랑하는 세상 사랑의 결핍으로 의지할 곳 없고
얻어먹을 수 있는 힘조차 없는 분들 위하여 봉사하는 꽃동네
가슴 뭉클한 희생 봉사

꽃동네 오셔서
장애인 노약자에게 주님의 강복주시고 위로를 주신
프란치스코 교황님
주님의 은총 축복이었습니다

대부도

추석 연휴 대부도 드라이브
특별 손님 귀여운 손녀
전곡항으로 가는 길에 영어단어 이어가기 하며
즐거워하는 초등 4년생

해양선 따라 자연 그대로 형성된 오솔길
소나무 숲길 염전길 갯벌길 갈대길 포도나무길
다양한 풍경이 펼쳐지는 해솔길

멀리 영흥도 다리가 보이고
꼭갈이섬 개미허리 할매 할아버지 바위
해안 둘레길이 숨 쉬는 곳

휴 카페에 앉아
아름다운 대부도 서해바다 바라보며
갯 냄새에 취해 본다

여름날의 하루

무덥고 습한 여름
비 오듯 땀 흘러내리면
시원한 계곡 상상하며
행복한 마음 가져본다

숲 속에 앉아
베토벤의 운명교향곡
불안 고뇌 초조
3악장의 투쟁과 승리로
얼마나 우렁찬지

연이어 합창교향곡이 흘러나온다
쉴러 시 작곡한 교향곡
귀가 먹었을 때 작곡이어서
그 내면의 음악 세계 더욱 놀랍다

우리의 삶에도 이런 힘찬 환희가 있었으면

자작나무 숲길

시베리아 북구라파
여행에서 보았던
숲의 여왕 자작나무
신비스러웠는데

강원도 인제 하추리 가는 길목에
자작나무 군락이 있었다

일상에서 벗어나
순백의 길 걷는다
숲이 주는 안정감
정취를 만끽하며
낙엽송 어우러지는 숲을 따라 오른다

러시아 문학 속 그림 같은
자작나무 천연 숲을 인제에서 만나다니
행운이었다

건국 대통령

건국대통령 서거한 지 50년 탄생 140주년
일생 독립운동으로 제헌의장으로 대한민국 이끌었던
새 나라 세우고 국민자유 평등 보장되는 민주공화국 초석 만드신

2차 대전 후 식민지 140개 가운데
산업화 민주화 이룩하고 자유민주주의 시장경제 진입한 유일한
국가
6·25전란에도 나라 지키고 한미동맹 토대 위에 안보를 이루어온
대한민국
건국절 건국기념일도 없다

자랑스러운 현대사를 지키는 일은
건국 대통령 제자리 찾아 주어
자유 민주주의 민주공화국 굳건히 지켜나가는 일

베른 성지를 찾아서

성루카 성당 신자들 충북 제천 베른 성지 순례

심산유곡 계곡 배 밑바닥 같다고 베른이라고 불리던 곳
한국 초대 신자들 박해 피해 화전 옹기 구워 생계유지 하며
신앙 키워온 교우촌

조선 후기 황사영* 머물며 백서 쓰던 토굴
2대 최양업 신부* 묘 있는 천주교 박해 성지

예수님
신앙의 선조들 당신 믿고 따르던 그 길은 당신이 걸었던 십자가의 길
이었다라고 십자가의 기도길 따라 응송하며

하느님의 신비 묵상해보는 성지순례

---

*황사영 : 1801년 천주교 박해 때 토굴에서 교회 재건 신앙의 자유를 얻기 위해 중국 베이징
주교에게 보낸 백서 작성한 분
*최양업 신부 : 조선 천주교 2대 신부, 천주교 교리 번역 천주교 전파에 공헌하신 분

어느 따뜻한 가을

10월 첫 주말
직장 함께한 동료 아들 혼배성사
다섯 명 신부님 공동 집전한 성당 결혼식
사도회 회장 신랑 아버지
수많은 축하객 속에 경건한 성가 울려퍼지고

옛 동료들 피로연에서
안부 건강 물으며 반가움 속에
30년 전 오산서 만난 여직원
고3 고1 엄마 되어 중년 부인으로 반가운 미소
성당 뜰에서 옛 추억에 헤어지기 아쉬워하고

경아 네하던 미소 소녀
구상 시인의 흐르지 않는 세월 낭송하며
즐거워했던 동료들
귀갓길 옛 생각 잠겨본다

10월 즐거운 어느 토요일

단풍 물든 탄천 길
우보회 벗들 가을에 젖어 율동공원으로 가는 길
막걸리 한잔으로 목 적시고
청정고기 곰탕집 술 마시며 덕담 오가고

서초동 화이트홀 스페인 화가 아데네 로페르 미술전
가을 음악회 사랑의 입맞춤 초대받아

아프리카 니체르 강 인도 간지스 강물에서 삶의 성스러움
우린 바다의 물방울처럼 작은 여행 온 영혼들이라는 것을
추구한 미술의 내면을 감상하고

음악회에서 가수 관객 일체 되어
가을의 노래 들으며 마지막에 가수 관객 함께 부른 나뭇잎 배
낮에 놀다 두고 온 나뭇잎 배는 엄마 곁에 누워도 생각이 나요
푸른 달과 흰 구름 둥실 떠가는 연못에서 살살살 떠다니겠지~
살랑살랑 바람에 소곤거리는 갈잎새들 혼자서 떠다니겠지
가슴 뭉클 동심으로

우리 가족 응원한 프로 야구 두산 팀 한국시리즈 진출
삼성과 라이벌전
10월 즐거운 어느 날에 음악 들으며 야구제전 즐겨야겠네

교황이 남긴 발자취

프란치스코 교황
우리 가슴에 큰 울림
인간미 넘치는 소탈한 행보

종교 세대 넘어 낮은 곳을 향한 발걸음
상처 어루만지고 치유 메시지 열광했다

대중 눈높이 섬김 리더쉽
말 행동 일치하는 진실성
고통과 공감의 열쇠 실천으로
그늘진 곳에 희망의 선물
남북 간 화해 평화 염원 간절한 소망
불신 적대감 대립하는 곳에 치유의 빛
서로 인정하고 함께 걸어가자고
다른 종교자들에 열린 마음을

교황이 떠난 자리
뿌려진 화해 평화의 씨앗
울창한 숲으로 키우는 일
우리 민족에게 남겨준 큰 선물

김건중

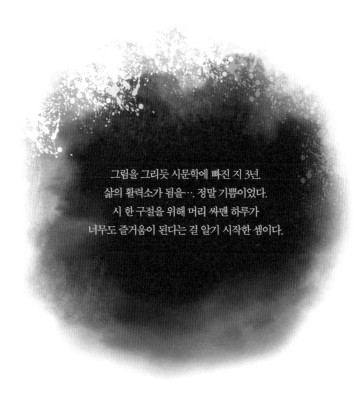

그림을 그리듯 시문학에 빠진 지 3년.
삶의 활력소가 됨을…. 정말 기쁨이었다.
시 한 구절을 위해 머리 싸맨 하루가
너무도 즐거움이 된다는 걸 알기 시작한 셈이다.

갈잎사랑 | 봄이 스쳐 간 자리 | 길을 묻다 | 꿈을 깨지 말라 | 방황의 늪 | 군사 우편
동반자 | 목련꽃 | 집배원의 하루 | 꽃샘바람 | 공중전화 | 객기 | 수철리고개 | 약수터
풀잎에 이슬

P R O F I L E

전북 완주 출생. 국제신문 정치부 기자 및 차장, 국가보훈처 공보관. 광주지방, 부산지방 보훈청장.
보훈연수원장, 홍조근정훈장. 『문파문학』 시 부문 신인상 당선 등단. 대한민국 미술대전 2회 입선
한국문인협회, 문파문학, 창시문학회 회원. 대한민국 미술협회 회원. 개인전 1회(서울갤러리)
저서 : 시집 『길 위에 새벽을 놓다』, 공저 『가을 그리고 소리』, 『그림이 맛있다』
『문파문학 2015 대표시선』

갈잎사랑

찬 서리 거듭 내리고
문풍지에 바람 새 들어오는
가을 저무는 빈 가지에
허황한 하늘빛이 노랗다

가을 잎 떨어지는 것은 긴 이별의 당초인가
앞서 오는 동절冬節의 노래인가

구르는 낙엽 위에 사랑 끝머리
임 떠날 때 밟고 가던 그 길목
돌아보지 않는 썰렁한 뒷모습에
끝내 채우지 못한 사랑의 불꽃
눈물 고였던 사랑

헐렁이는 머리카락에 흰빛 씌워
아픔에 시려오는 철렁한 잎들
야위어가고 떠나는 것들 앞에
오래된 세월을 쓸듯
촌부가 낙엽을 쓸고 있다

봄이 스쳐 간 자리

고요를 짚고 깨어난 봄날 아침
바람 없는 푸른 잔디 위에
라일락 향기가 긴 하루를 여는
키 늘린 봄볕은 따스하다

갖가지 꽃부리 향연 요란한데
수줍게 핀 목련꽃
목이 긴 옛날 그대 모습 닮아
한쪽으로만 기우는 해를 잡고
순백의 마음 흔들어
사랑의 끈을 늘리는데

하늘의 어깃장은
시샘하듯 사랑의 우듬지에
걸어놓을 숨 주지 않고
비바람 몰고 와

벗꽃, 목련이 와르르
땅을 짚어 짓밟는다

남루한 하루가 가고

그대를 향한 매몰찬 외침이
봄이 스쳐 간 빈자리
까칠하게 보고 섰다

길을 묻다

안개 자욱한 험한 길
내비게이션은 길을 찾아 잘도 가는데
삶의 현장에 선 사람
칠흑 같은 캄캄한 밤
방황의 열쇠 찾지 못해
비껴간 햇빛처럼 철렁하게 서 있다

아파트 편지통 반송함에 꽂힌 편지 한 장도
우체국 다시 돌아 제자리 찾아가는데
가도 가는 것이 아니요
와도 온 것이 아니고
돌아가도 돌아온 것 없는
제자리 찾지 못하는 방황의 끝
낡은 배 한 척 항구에 묶여 만선의 꿈을 꾸듯
뒤안길 쫓아 허덕이고 있다

오늘의 어제는 없고
내일의 어제만 있는
냉엄한 주소지에서
고개 돌린 나그네의 하품처럼
허전한 그날에 그날
끝내 허방에 빠질 줄 몰라
길을 묻고 있다

꿈을 깨지 말라

낮도 아니고 밤도 아닌
졸음 두께가 얇아지는 혼미 속에
지나온 시간 몽땅그려 환상처럼
잠기듯 고요가 몰고 온 침묵

젊디젊은 시절 곱씹어
식어버린 언어들을 꺼내어
명도 낮은 어둠을 깔아 놓고
화덕에 불을 붙이는 꿈을 꾼다

구름 위에 달 가듯이 가버린 세월
키가 자라듯 꿈은 넓어지고
절망의 모서리에서도
이름을 바꿔 달며
삶의 행간을 적셔온 나날들

일어선 자만이 볼 수 있었던
시대의 아픔과 고난의 칼바람
꿈속에서도 더듬거림으로
산을 넘고 고개를 넘어
바닷가에 모래시계처럼

돌다 다시 돌아보는 시간의 열병

몹시 푸르게 복사꽃처럼
살아왔나 했는데
서쪽으로 지는 햇빛에 방사된
생의 여정이 하나의 꿈만 같아
꿈을 깨지 말라는 외마디 소리가 허공에 뜬다

방황의 늪

요란한 천둥소리 갈라진 틈새에
태어난 생명
안개 바닷속을 헤매며 갈 길 찾는다

맨살로 나온 것 다 잊어버리고
꿈길 찾아 세월의 강 걷는다

허공에 집을 짓는다
단단한 자작나무 네 기둥 세우고
하늘 가린 천정 두텁게 묶어
곳간도 널찍이 튼튼히 만든다

내 주머니는 왜 이리 가벼우냐
투정하는 배부른 꿈은
수렁에 발 빠지듯 빠져들기만 했다

햇빛 밝으면 그늘도 짙듯이
든든한 궁전도
갈가리 찢겨진 겨울 한파 몰려올 때
빈 나뭇가지에 매달린 잎사귀 하나처럼
작은 바람에도
벼랑 끝 깊은 늪에 빠져
방황의 생을 마친다

군사 우편

한 오십삼, 사 년 전이면
희미한 기억마저 잦아질 것 같은데
콩알 튀어나오듯
우뚝우뚝 떠오르는 사랑의 열정 시대
굴러간 세월의 깊이가 무거운 까닭일까

사랑하는 그대에게
편지 한 장 달랑 우체국에 던져주고
군에 입대할 때 서러움 하늘이 노랗고
군사 우편 주소 물어물어 전방부대 찾아
면회 왔다는 위병소의 소식
가난한 이등병의 등뼈 꼿꼿이 세웠다
꺾이듯 하루해는 짧아 사랑 얘기 나눌 숨 주지 않고
그를 보내야 하는 막차 버스가 고개 넘어갈 때
뒤따르는 공허가
내장을 들어낸 배고픔처럼 허전했다

황소바람 드나드는 천막 초소의 겨울
얼어붙은 잉크 찍어 호호 불며
편지 쓰던 그 날 밤
그대 있는 밤하늘에 별빛 *끄고서야*

잠이 들곤 했다
모처럼 휴가 나올 때
같이 걷던 남한산성 성벽은
하늘처럼 파랗고
팔미도 찾을 때 철썩이는 파도는
우리를 향한 바다의 날개라고
신기루 같은 꿈을 꾸었다

지난 세월은 짧고
아쉬움만 남는 잔해들은
주고받은 편지 다발로 남아
식어버린 갈댓잎처럼 누렇게
창고 구석에 두 사람의 얼굴을 닮아가고 있다

동반자

밀물, 썰물 오가며 서로 부딪치듯
길 위에서 태어난 빛과 그림자로
만난 인연

수많은 사람 사이
별 헤이다가 졸음 오는 저녁에
푸른 꿈결같이 만난 사람
삶의 그림자 거닐며
음·양 거리 힘껏 좁혀
끈끈하게 이어진 사랑과 정

시퍼런 겨울 칼바람
머리에 이고 고단한 삶의
여정에서 서로를 잡고
위로의 말 건넬 사람 그대밖에 없다

가슴에 묻은 어두운 말들 모두 꺼내어
하나씩 햇볕에 말리며
두근거리는 새벽을 이어온
녹슨 지난 세월
이제 새롭게 마주 보며 잡은
손 마디가 너무 따스하다

그대 품에서 편히 자고 싶은
세월 무딘 종점에서
희미한 촛불 녹아내리듯
슬며시 살고 싶은 것 욕심이런가

목련꽃

고고하게 허공으로 길게 뻗친 목련 가지
수줍게 매달린 꽃망울
만삭 되어 꽃잎 터질 때
헐렁이는 바람도 한산했고
햇살도 살갑게 따스했다

봄 되면 어머니 이불 홑청 풀어
하얀 홑이불 널 때도 그러했다

이상 난기류 몰려와
꽃들 한꺼번에 피어
때 이른 시절 맞은 꿀벌들
어느 꽃에 입 맞출지
분주하다, 어지럽게 향기 속이다

소복처럼 희고
솜털처럼 부드러운 목련 꽃잎
모닥불처럼 화르르 피었다가
돋아나는 잎사귀에 밀려 와르르 떨어질 때
서럽게 봄은 가고

떨어진 꽃잎 갈가리 찢겨 길바닥에 밟히면
어머니 젖뗄 때 울던 서러움
하얀 홑이불에 젖어들고 있다

집배원의 하루

진눈깨비 질척한 산 둘레길
걸어서 찾아가는 60년대 우편 배달부는 바빴다
철렁거리는 무거운 가방 들춰 메고
산골 누벼야 하는 소임. 오늘의 집배원과는
호칭도 하는 일도 딴판이었다.

손자 소식 기다리는 할머니 집 들어서면
난, 언문 모르니 대신 편지 읽어달라는 부탁
기쁜 소식 전해 드리고

남편, 중동 열사의 땅에 돈 벌러 보내고
싸리문 잡고 소식 기다림 만나고져
시린 손 호호 불며 우체 가방 고쳐 맨다

우체부는 편지 봉투만 보아도
누구 집 무슨 사연인지 아는 까닭에

정주고 떠나버린 이웃 동네 앳된 청년
소식 기다리는 색시집
그냥 지나칠 때
쓸데없이 내가 미안하고

6·25 전란에 북으로 끌려간 국군 포로
편지 없느냐 되풀이 물으시는 할머니의 어두운 그림자
언제쯤 밝아질까 걱정하다가

이제는 전사 통지서 들고 가야 하는 집
차마 선뜻 들어서지 못하고
동네 몇 바퀴 돌며 되새김한다

해설퍼 돌아가는 길목에 앉아
담배 한 대 피어 물고
웃고 우는 세상사
하품 한 번 해본다

꽃샘바람

천둥불 계곡 스쳐 북녘 바람
한신 계곡 흘러 남녘 바람
서로 겹잡아
몰아치는 꽃샘바람

목이 쉰 가지마다 꽃부리 훑어지고
찬 기류 봄 향기 고뿔 들어 멈춰 서니
목련 가지 앉은 박새 한 마리
쫓기듯 날갯짓이다

저녁 달빛 흔들어
차디찬 냉장 세상 만들더니
강남에서 오는 제비 떼들 혼쭐나게
멈춰 서고
물안개 잦아드는 호숫가에
냉 서리로만 흘러

벗어났던 두께 한 장 다시 틀어잡고
연분홍 봄날 주적주적하는 사이
그늘 한 점 남기지 않는
아픔 많은 생채기로만 흔들어댄다

순리야 어디 가겠느냐
산을 넘어오는 찬란한 햇빛이
온 누리에 내려올 날 바로 이제다

공중전화

도시 삼거리 제과점 앞
늙은 공중전화 박스 하나
수화기, 줄에 매달린 채 대롱대롱
소리가 없다
비좁은 틈에
허리 굽은 늙은 할매가
시들은 채소 다발 늘어놓고
손님 기다려 졸고 있다

한때,
사랑에 굶주린 연인의 애타는 목소리
전선으로 이어주고
수다 떠는 아줌마 목소리도
수화기에 매달려 동동거렸다
급히 부르는 119의 다급한 목소리에
앵앵 소리 지르는 구급차도 꼬리 물고 갔다

시대의 변화 세월의 길목에서
스마트 폰 홍수로 쏟아져
전화기 앞에 인적 끊어지고
이제 고철덩이 허방으로 물러갈 것인가

늙은 할매도 안 팔린 채소 덩이
무겁게 걷어 담고
어디론가 사라져버린다

객기客氣

꽃과 나무들 잡초까지도
바람 불면 쓸어 눕고
비가 오면 그저 젖어주는
순리에 익숙한 선사와 같다
사람 악다구니는 솟아나는 객기에
어쩔 수 없이 자신의 퇴로를 막고
썩은 상처 위에 후회의 싹을 만든다
파고다 공원 무료 급식소 노인들
사±자 돌림 아들딸 한둘 안 둔 자 없고
지하 시멘트 바닥 체온 내려놓는 노숙자도
왕년에 중소기업 사장 안 해본 자 없다
여인들의 계 모임 목소리 크게 내어
남의 상처 건드리는 자 빈 수레 요란하듯
속 빈 강정일 때 많고
학벌 위주의 풍토 위에 어린 소녀
미국 유명대학 허위 입학증 만들어
가슴 아픈 거짓 증후군 만들고
여의도 일 번지 뱃지 붙인 선량들
헛소리는 백성들 심판받아
객기의 슬픈 종말 알 것 같다

날숨 걷어낸 허허한 삶에서
감출 수 없는 허상 준엄함 앞에
무슨 낯으로 객기 부리는가
거짓 씨앗으로만 무성하다

수철리 고개

하루해가 긴 강을 건너듯
느림 속으로 기어가는 고달팠던
60년대

가난의 상징이었던 금호동 가려면
수철리 고개 긴 비탈길을 넘어야 했다

숨 가쁘게 마루턱을 넘는 고철덩이
버스도 한 줌 땀을 쉬고 넘어야 했고
늦은 밤 고갯마루에 냉차 파는 손수레
그림자처럼 서 있고
아이스케이크 파는 소년 목소리 쉬어도
그냥 지나치는 빈 노동자
마른 가슴 더욱 땀 흘리게 했다

개발이라는 깃발 아래 이곳으로 쫓겨온
가난한 백성들
스스로 흙벽돌 찍어 움막 세우고
내 집이라는 삶을 일구었다

미국 잉여 농산물 밀가루 배급에 매달려

멀건한 수제비국으로 허기를 채우고
날짜 없는 달력에 그날이 그날이었다

혁명이라는 대변혁에
가난한 등뼈가 오그라지고
가슴에 묻은 피삭은 말 한 마디 보태지 못해도
흙벽돌 사이에 "잘 살아보자"는 새마을 깃발이
힘차게 휘날리고 있었다.

약수터

도시 옆에 산이 있어 좋다
그 산에 약수터 있어 더욱 좋다

봄볕 나른한 오후 3시
더듬더듬 산에 올라가는 길
전나무 숲길 따라 구불거리는 등산로
푯말 따라 나지막한 곳에 자리 잡은 약수터
산악모임 청년들이 잘 갖추어 놓은
홈때로 물 졸졸 흐르고
운동기구까지 있는 명당자리다

약수터는 목마른 자 생명줄이지만
노인들에게는 한낮을 비우는 모임의 샘터다
통성명 서로 없이도 말 터놓는 할머니들
세월 지나 흔들리는 나무 의자에 둘러앉아
며느리 흉 터놓고 보고
사위 덕에 외국 갔다 왔다는 얘기 한 보따리다
그 옆에 늙은 영감들 6·25 때 군대 갔다 온
영웅담 쏟아지고
그 중에도 해병대 갔다 온 영감의 소리가 높다

노인들 물러간 검은 밤
흘러 흘러 가는 약수물
낮에 들은 얘기 주렁주렁 매달고
바다로 가는 길 더듬어 가고
이른 새벽에는 노랑 부리 새 한 마리
약수 한 모금 쭉 빨고 아침을 연다

풀잎에 이슬

능선 밖에서 끌어온 별빛
아물아물 사라지는 동트기 전 새벽
바람세 잠잠한 언덕 너머 풀밭에
화폭에 물감 번지듯 살포시 내려앉은 이슬

어둠의 고갯마루에 헤어진 여인의
눈물로 내려왔나
견우직녀 안타까운 하소연으로
하늘 닮아 꽃잎, 풀잎 위에
방울방울 맺혀있나

여문 밤 지새운 흰나비 한 마리
이슬 젖어 나래 접고 촉촉한 꿈을 꾸는데
피다 만 꽃뿌리 세워주고 풀벌레 잠 깨우니
희망의 젖 뿌리 되었다

한 가닥 햇빛 걷어 올리면
소리 없이 방긋 웃던 풋풋한 은방울
하늘로 퍼져 희양새 되어
너울거리니

소리 없이 지는 것이 어찌 너일 뿐일까
소먹이 풀섬지게 메고 돌아오시는 길
이슬에 바지가랭이 흠뻑 젖었던 아버지도
이슬처럼 가셨고
사랑방에 모셨던 나그네도 소리 없이 떠났는데
나를 잊은 듯 살아가라고 말 없던
여인 이슬처럼 사라졌다

김문한

시는 은연중 나의 벗이 되고
기쁨이 되었습니다.

개나리꽃 | 소라의 꿈 | 나그네 길 | 허수아비 | 좋은 시 쓰고 싶다 | 변두리에 오니
1월의 갈대 | 황혼 | 옹달샘 | 호박꽃 | 너의 젖은 눈 잊을 수 없다 | 낙엽
환승역 | 즐거운 나의 집 | 매듭

P R O F I L E

서울대학교 건축학과 명예교수
월간모던포엠 수필 부문 신인상, 월간모던포엠 시 부문 추천작품상, 문파문학회 시 부문 신인상
문파문학회, 한국문협 성남지부 회원
저서 : 시집 『내 마음 봄날되어』 『그리움 간직하고』 수필집 『그날 밤의 별』
공저 『가을 그리고 소리』 『그림이 맛있다』 외 다수

개나리꽃

꽃샘바람에
나비도 찾아오지 않는데
남에게 뒤질세라
푸른 옷도 입지 않고
성큼 앞뜰에 들어선
봄의 선두주자, 개나리
숨 가쁘게 달려온
가냘픈 가지마다
노오랗게 봄 알리는
화사한 너의 미소
무심한 세상 따뜻하다.

소라의 꿈

나의 고향은 푸른 바다
두려움 모르나
험한 파도 이겨내야 하는 고독
사랑이 그립다
썰물 되던 어느 날
끝없이 펼쳐진 모래밭에 뒹굴며
머리 위 파란 하늘
흐르는 흰 구름 바라보고
저 너머가 천국인가?
태양이 수평선 너머로 얼굴 숨길 때
물 위에 비치는 아름다운 노을
어두워지는 밤하늘에
별들 하나둘 모여들어
축제 벌어지는데
새처럼 날아가
아름다운 공주 만나고 싶은
소라의 꿈
파도 소리에 밤은 깊어간다.

나그네 길

바람이 분다
하늘에 먹구름
별 하나 보이지 않고

앙상한 나뭇가지
울어대는 소리
발걸음 무겁게 한다

음산한 길에
다시 바람 불어대고
가도 가도 별이
보이지 않는다 해도

주저앉지 말자
아프지 않는 길이 어디 있느냐
눈물 없는 길이 어디 있느냐
내 몫의 생生 떠받치고 걸어야 한다
별이 보일 때까지

허수아비

비가 오면 비
바람 불면 바람 맞으며
곡식 지키는
허수아비 되자
허름한 옷차림이면 어떻고
못났으면 어떠냐
천둥 번개에도 놀라지 말고
할 일 하면 그만이지

곡식 여물어 추수 끝나니
참새도 사라지고
세상에 지쳤는가
모자 벗겨지고
허리는 구부정
눈여겨보는 이 없는 외로움
고향 찾아가야지
땀 흘린 세월 후회는 없다

좋은 시 쓰고 싶다

시를 쓰려고
밤새워 머리 짜내도
시다운 시 한 줄 쓰지 못하니
허탈하기만 하다
훌륭한 시인들의
깊은 시상에 감탄하고
그 상상력에 놀랄 뿐
시인이 되려면
타고나야 하는 것일까?
시 배운 지 얼마 된다고…
자문자답하면서
오늘도 은하수 강가
거니는 꿈 꾸며
내 나이
낙엽처럼 쌓여가지만
좋은 시 쓸 수 있는 날
올 것이라는 생각에
어지러운 꿈 덮고 있다.

변두리에 오니

세상 욕심 멀어지고
시간 다툼 사라져
봉선화 채송화
내 마음 등불 되고

썰물 자리
아쉬움 남아있지만
풀냄새 널려있는 이른 아침
까치 소리 참새 소리
허전한 마음 달래어준다

짝 찾는 풀벌레 소리
꽃피우려 애쓰고
웃으며 떠나는 꽃 지는 소리
이전에 느끼지 못한 기쁨
달빛 가득한
검버섯 훈장 달고 온 변두리
나를 다시 푸른 산 되게 한다

1월의 갈대

율동공원 호숫가
푸른 생 당당했던 갈대
부대낀 삶의 흔적 역력하다
잎은 갈색, 내려앉았고
마른 대공 끝에 아슬아슬하게 매달린
크고 작은 빛바랜 이삭
고개 숙인 높고 낮은 음표 되어
바람의 지휘로 슬프게
"비창" 교향곡 연주하고 있다
서글프다
뿌리는 얼음 속에 살아있으니
죽은 것이 아니라고
흐느끼고 있는 갈대
그렇지, 산다는 것 너나 나나
소리 없이 울며 건너야하는 징검다리
이 아픔 견디면
살아서 죽고 죽어서 사는 부활 있겠지.

황혼

어느덧 해 저물어
저녁놀 속에

가시덤불 헤치며 걸어온
발자취 아롱거린다

하고 싶고
주고 싶은 일 많은데
붉은 석양을 보니
나의 시간 많이 늙었구나

시작이 있으면 끝이 있고
끝이 있어야
새로운 시작이 있다지

아쉬워하지 말자
낙엽 지기 전에 고향 가야지
고운 추억 가슴에 안고

옹달샘

깊은 산 속
작고 오목한 샘
언제나 그 자리에 그 모습으로
넘치거나
가뭄에 마르지 않고
목마른 짐승 물 먹게 한다
봄 진달래
여름에 신록
가을 단풍 친구 되고
낮에는 새, 밤에는 풀벌레들
외로움 달래어준다
눈 쌓인 추운 겨울에도
송알송알 어머니 사랑 솟아내어
얼지 않는다
잠잠한 그리움
언제나 따뜻한 마음
가진 정 다 주고 싶어 하는
맑고 맑은 옹달샘.

호박꽃

체면보다
힘차게 사는 것이
아름다운 일이겠지

밭두렁이면 어떻고
담장이면 어떠냐, 씩씩하게 자라
햇님이 좋아하고
달님, 별님도 좋아하는
노란 꽃 피워
꿀은 벌에게 주고
맛있는 호박 낳으면 그만이지

비바람 견디며 걸어온 길
얼마나 더 가야 할지 알 수 없지만
호박꽃이 꽃이냐고 비양해도
호박의 어머니라는
자긍심 잊지 말자.

너의 젖은 눈 잊을 수 없다

아버지는
새벽같이 여물 끓이고
여물통에 옮기면
고마워 고개 흔들고
큰 눈 껌벅이며 맛있게 먹었다
논갈이 앞장서 가는
걸음은 가벼웠고
무거운 쟁기 몸에 매달아도
가만히 고개 끄덕이며
이랴 하는 구령에 따라
온 힘 다하여
쟁기 밀고 앞으로 나아가고
워워 하면 조용히 섰다
힘들어 침 흘리면서도
해찰하지 않고 일하는 소
아버지 담배 피우는 동안
뙤약볕에 선 채 새김질하며
고된 삶 탓하지 않고
할 일 생각하는 순둥이
너의 젖은 눈
지금도 내 마음에 아른거린다.

낙엽

푸름으로
줄기와 가지 키우고
꽃피우고
열매 맺게 하던 나뭇잎
곱게 물들어
마지막까지 멋진 일 하였는데
어미나무와 헤어지고
핏기조차 말라버린 낙엽 되어
길 모서리에 웅크리고 있는
너의 모습 왜 이리 쓸쓸한지
사는 것이 죽는 것이고
죽는 것이 사는 것이라 하지만
바람 불면
갈 곳 없어
끌려가고, 짓밟힐 때마다
소리 없이 우는 너의 소리
내 마음 적신다.

환승역

꿈을 안고 기차를 탔다
행복 찾아가는 사람
환승역에서 내리면
기차는 사정없이 떠났다
갈아타야했는데
망설이다 놓쳐버리고
흔들리는 차 안에서
궁색한 생각만 했다
그 환승역에서 갈아탄 친구
기어이 삶의 금자탑을 쌓고 있다는데
결심할 때 결심하지 못하고
선택할 때 선택하지 못한 것
왜 이리 후회되는지
이제 어느 환승역에서 갈아타야하나
나뭇잎 다 떨어진
삭막한 세상
창에 스쳐가는 흐릿한 삶
신천지로 가는 환승역
늦기 전에 찾아야 한다.

즐거운 나의 집

어두워지는 거리
일당을 받고
집으로 돌아가는
노동자의 발걸음 가볍다

가게에 들러
아내가 먹고 싶다는
자두 두 개
막내 줄 새우깡 한 봉
바둑이 비스킷 사고
별들이 숨바꼭질하는 길
그의 발걸음 바쁘다

하늘같이 여기고 기다리는
아내 생각에 눈물이 주룩
막내의 아빠 부르는 소리
바둑이 반가워하는 멍멍 소리에
일터에서 힘들었던 일
어디론가 사라지고

은연중 입가에
"즐거운 곳에서는 날 오라 하여도
내 쉴 곳은 작은 내 집뿐이리"라는
노래 흘러나온다.

매듭

풀릴 것 같은데
풀리지 않아
애먹은 적 한두 번이 아니다
이리 뒤적 저리 뒤적
어렵사리 매듭이 풀리면
돌이 된 똥을 내보낼 때처럼
시원하고 삶이 기쁜데
세상살이
왜 이리 매듭이 많은지
오늘 아침 식사하다
막혔던 시상詩想
매듭 푸는 법 생각나
밥상 제쳐놓고
책상에 앉아 적으려 하니
어느새 자취 감추고 아롱아롱
힘들구나, 매듭 푸는 일.

이정림

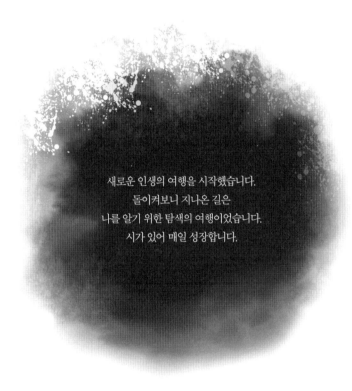

새로운 인생의 여행을 시작했습니다.
돌이켜보니 지나온 길은
나를 알기 위한 탐색의 여행이었습니다.
시가 있어 매일 성장합니다.

소금 | 인생여행 | 고행 | 망월사 | 나비가 되어 | 흥정 | 기다림의 미학
염전 | 눈꽃 | 화장 | 백두산의 꽃 | 아버지의 침묵 | 낚시
겨울나무 | 나이테

P R O F I L E
서울출생. 창시문학회 회원. 『문파문학』 신인상 시 부문 신인상 당선 등단
수상 : 제10회 편운 백일장 차상 수상, 제 7회 동서커피문학상 맥심상 수상

소금

고래가 몰고 온 눈물의 씨앗

파도 소리 모인

염전의 산이 되어

눈물을 만든다

진한 어둠이 흐르는

시간이 흐르면

가장 깊은 어둠이 다가오고

소금은 괴로움의 굴레

숨 가쁜 속삭임

하얗게 부서지는

바다의 피부다

하늘이 열리는 시간

하루의 간이 시작된다

인생여행

꿈의 온도계 저물어 가는 방
리어커 속 할머니 도로 위에 집을 지었다
굴러가는 수레 위 오늘을 더듬거린다
어둠이 홀린 달의 사금파리
전생이 걸린 미지의 세계
허연 입김 회색 붓질
인생의 여백 채우고
묵은 먼지 어제의 거울을 훔친다
시계추 손가락 사이 마른 잎 발라내
겨울 체중이 줄어드는 시간.
창밖 숨처럼 피어오르는 외로움
숨죽여 내리는 눈
리어커 위로 겹겹이 흘러든다
날개를 날개라 여기지 않고
무게를 무게라 여기지 않을 때
곰삭은 추위는 빈 가지 위에서
팔을 내민다
삶의 무게가 함박눈을 짓누를 때
재두루미 한 마리 자꾸만 가벼워져
새로운 여행을 시작한다

고행

이른 한파 갈비뼈 통증 허기진 칠십 인생

길 잃은 바알간 인생 바리케이드 걸려 넘어진다

삭은 숨 하나 꺼내 벽지 위에 덧바르고

주름진 혈관 무뎌진 세월 링거로 숨을 짚는다

할미꽃 저무는 마른 강물이 흐른다

허연 얼굴 촉지도 달 뒤 낮의 무게 더는 시간

갈대 들어 십자가 너머의 고행

운명의 지도 세월에 넘치는 걸음 외로움 적신다

당신 앞 무릎 꿇고 여윈 손길 마주한 나 일으킨다

망월사

해전문

남한산성 구름으로 병풍친 망월사

햇살의 문틈 바알간 더위

초가지붕 얼룩진 얼굴

목탁문 열리고 고달픈 바람

몸부림치듯 풍경소리 걸어 나온다

망월사 처마 끝 구름

향하나 피어 올린다

햇살과 함께 서성인다

달전문

별빛 가득한 이불 널어두고 닦아놓은 대지

달의 공복 늙은 고목 언저리

아카시아 흰 뼈들 달의 온기 받아

여름을 흔든다

진흙의 바람 달을 건너가는

들꽃의 돌다리 길을 밝힌다

망월사 굽은 등 사이

가난한 자의 허기를 달래는
불경 소리 잦아들고
마음챙김* 일으킨다

---

*마음챙김 : 불교 수행 전통에서 기원한 심리학적 구성 개념으로 현재 순간을 있
는 그대로 수용적인 태도로 자각하는 것

나비가 되어 -결핵

부식된 내 가슴속 흰나비가 산다
창문 너머 녹슨 한 송이 꽃
들숨과 날숨의 울음소리
환하게 뚫려있다
삶 속으로 들어온 길
고통과 치유의 절벽
청춘의 어항 깜박이고
수면에 올라온 꿈은 잠을 설친다
밤새 머리맡에 앉아있는 그리움
기침과 신열에 젖어든다
X-ray 속 나비 투명하다
달빛의 고요한 숨소리
흙으로 뿌리를 내리고
눈물 흘러내린 가슴에 앉았다
녹슨 철조망 사이
새로운 나를 향해
날갯짓 시작한다

흥정

공원 어둠 사이 달빛 내려앉은 작은 시장
리어카 세워놓고 할머니는 밤의 돗자리를 깔았다
소쿠리 안 햇살이 흘린 땀방울이 영글었다
쑥부쟁이, 벌개미취, 깻잎, 쑥갓, 오이, 호박
지나온 세월을 흥정한다
'아주메 상추 사이소'
'아저씨 토마토 사이소'
'금방 따온 가지 사이소…'
폭염과 더위가 서성인다
공원을 돌고 돌아
할머니를 생각하고
어머니를 생각하고…
행락객은 측은함을 계산 중
어둠의 지폐를 세고 나니
밤이 한 웅큼 비닐봉지 안에 들어왔다
떨이라고 했던 할머니의 야채
별빛과 달빛에 버무려져
새로운 손님의 풍경으로
소쿠리는 수북하다

기다림의 미학

모죽은 어제의 모죽이 아니다
벌판의 지평선 따라
구름의 굴곡진 허리는
대나무를 향한다
댓잎을 흔드는 대숲 향기
겨울이 그리던 고향
살기 위해 몸부림쳤던
무질서 그리고 혼돈의 세월
도드라진 등 가렵다
죽림연우竹林煙雨 시간 사이
흰목물떼새 햇가지 머리에 이고
줄줄이 하얀 꽃을 매달고 있다
모죽-
죽순으로
대나무로
죽림으로
가지 끝이 발그레하다
모죽이 성장을 위해
우리도 성장을 위해
서둘지 말아야 한다
시간의 경계가 허물어진다

염전

태양을 섬기는 시간
하얀 나비 춤사위
바다가 집을 지었다
낮달의 정기
태양의 입김
바람의 기운
바다의 눈물 적신다
묵은 십자가의 이름
굴곡진 속박 벗어나
지상의 빛을 모았다
구름의 터널 지나
생의 수레바퀴
보석 알알이 맺힌다
소나무가 흘린 눈물
송홧가루의 수액과
바다의 뼈를 갈아
불모지 위 모퉁이 쏠고
바다의 무게 줄이는 시간
자박자박 까실까실
설산의 창고는 하얀 나비떼
박하향 품고 접혀있다

눈꽃

호수 위 당신의 이름 새깁니다
내리는 눈꽃으로 물들어가요
벚꽃 띄운 물종이
물 위 당신의 그림자 봅니다
허공 너머 생긴 물자락
당신은 나에게 파문이 되고
어제의 사막을 지나 오늘의 징검다리 건너
달 그림자 하나 걸고 옵니다

아시나요 벚꽃에 취한 나
천 년의 시간 여울여울 다가오고
길어진 어둠 속 별빛 하나 건져
영혼의 창 흔들고
가루 되어 사라진다 해도
멈출 수 없어요
달빛 떨어지는 가슴 사이
당신의 눈꽃이 내립니다.

화장化粧

화장의 알리바이 취조는 없다
거울 위 집을 짓는다
뿌리내리지 못한 미지의 얼굴
절해고도에 유배
섬은 외롭다
말검 취검 차검
휘장이 드리워진다
새로 태어나는 순간
연회의 거리
홍등이 피어나고
가면무도회의 변검술
창조와 예술의 세계
감정의 깊이
닦는 시간 무죄다
영혼이 정화되고
타는 태양 갑판 위
얼굴이 가려워진다
비상하는 날개 내민다
물러날 곳 없는 화장의 무게
미지의 세계 나를 마주한다

백두산의 꽃

개마산 발아래 단군의 정기
장군봉 백두대간 잘린 허리
흰 두루미 날개 접혀
잿빛의 재두루미 칠십 평생
광활한 땅 두고 왔다

양귀비 처연하다
자작나무 숲 삼지연
오늘의 숲은 어제의 숲이 아니다
오늘의 해는 어제의 해가 아니다
전쟁의 상흔 분단의 고통
상처의 세월 익어간다

길손치 아우성 시간은 치유약
그리움의 파장 허기진 빈집
사금파리된 육신
은하수 별이 되어
하늘의 뼈로 흩뿌린다

천지연 아래 숨 거둔

이름없는 넋들
혜성으로 진혼곡을 울린다
창자처럼 이어진
백두대간의 근심은 부어있다
침묵의 소리 기나긴 세월

사라진 너를 잊지 못한다
금이 간 자리 비바람에 젖고
태양은 머물지 않는다
구름의 세월 꺼내 전쟁의 상흔 닦는다
윤슬의 돛을 끌어올린 한반도
소문의 꽃 피어난다

아버지의 침묵

아무도 없습니다
오솔길 지나 녹아내린
밤섬 언저리 전쟁의 침전물
켜켜이 밀려옵니다
우리의 잘린 허리

수혈받아야 할 시간입니다
수천 년 우주의 광년 넘어
기다림의 세월 들여다보며
아직 오르지 못한
그대의 안부를 들여다봅니다

들숨과 날숨의 씨줄
메마른 강토 엮습니다
전쟁의 상흔 짊어지고
화약 냄새 부여안고 살아온 세월
우박처럼 쏟아지는 총탄
활화산처럼 타오르는 함성
파편으로 찢긴 상처
헐벗은 피부 사금파리로 흩어지고

서러움은 포탄이 지나간 자리마다
그리움의 꽃으로 피어납니다

한 많은 세월 기다림의 침묵
외로움에 절여진 모진 세월
풍파는 삭은 기침에 잦아듭니다
삶과 죽음의 포화 속
눈부시게 서러운 날들
총탄의 빛에 씻겨진 섬
포탄의 갈대 부여잡고 설움만 보냅니다
꿈을 얹은 열차 고향으로 향합니다
차오르는 소망
통일을 기다립니다

낚시

물 속의 고통을 몰랐다
수피의 상처는 이끼가 오른다
연옥이 넘나든다
복숭아꽃 고개를 떨궜다
사심의 수로 땅의 비밀을 엿듣는 시간
땅속 뿌리의 근원을 캐는 뱀의 움직임
용문산 산신제의 살풀이
연옥의 문설주 옆 대화
소나무의 눈이 한 수레
붕어의 공중부양
잊을 수 없는 너의 존재
입질이 시작된다
월척을 꿈꾸며 비상하는 종점
용왕님 놀이터
이무기 미로 속 농무의 붓질
물보라 어제를 몰고 온다
철 지난 낚싯줄 숨죽여 내리는 고행비
켜켜이 쌓인다 소문의 근원지
미늘에 걸린 붕어의 입질
자신을 내어준 순간
명경지수*로 솟아난다

---

*명경지수 : 〈불교〉 잡념과 가식과 헛된 욕심 없이 맑고 깨끗한 마음.

겨울나무

흰옷의 여인 고개를 든다
삶의 무게
등 굽은 허리 타고 내려와
깜박인다
바람은 볼모의 땅 자리 잡고
겨울의 언덕에
은빛 채찍 휘두른다
모진 울음
무릎 통증 끊이지 않는다
시간이 쪼그라들고 삶이 헐겁다
환해지는 불씨의 입김
박새가 실어나르는
그리움의 온기로
나무와 나무 사이
거리를 재는 중
향기에 취하기 위해
하얀 꽃
여백의 영혼이 내려앉는 아침.

나이테

참새들 비상하는 아침
영롱한 햇발 아래
바람의 방랑자
낙엽이 체중을 줄인다
누추한 천막
빈 나뭇가지 둥지는 빈집되어
낮달 너머 종소리와 함께 울린다
고기리 재너머 추위를 벗는 소리
새 둥지가 터를 잡고 나이를 세는 시간이다

밤 어둠을 베어 손님같이 찾아온다
기억의 중량 날이 저문 설운 그림자
도시의 그늘 속 버스 달과 별 사이
타워 크레인 의지해 어둠이 흘린 침 자국
부서진 달 조각 오리 부리 너머
세월을 들어올리는 오리의 입질.
율동공원 호수 안
빈 가지
달
호수

그리고
나무의 둥치 안
세월이 넘실거린다

이주현

저마다 품어내는
꽃들의 향연
시. 한 소절마다
짙은 향기로 남았으면

PROFILE

경북 영양 출생, 창시문학회 회원

가을

바람이 지나는 길에
노란 단풍잎 하나
가슴에 안겨 주고 갔다
가을 선물이라고

살며시 떼어 손에 들고
동산에 올랐더니

단풍잎들이
와르르 달려들어
색동옷 입혀주고
돗자리도 깔아 주었다

하늘은 높고
구름은 형형색색
변화무쌍 신비롭다

바람은 예쁜 소녀의 손을 잡고
허공에서 춤을 추고

천고마비의 계절은
아름답게 익어간다

해바라기

키는 멀대처럼 크고
둥글넓적 복스러운 얼굴
여드름 투성이다

눈만 뜨면
그대를 따라 다닌다고
붙은 이름이 해바라기

동네 아낙들
심심풀이 입방아 소리

담장 위에
노란 능소화 귀에도
나뭇가지에 졸고 있던
참새들 귀에도
바람은 소삭 소삭 전해주었다

한여름 폭염에도 마다않고
임만 따라 다니더니
달덩이 같은 얼굴은
볼록볼록 튀어나온

주근깨 투성이다

그녀는
요즘 부끄러워
고개를 푹 숙이고 섰다

태풍 매미

왜 저리 화가 났을까

닥치는 대로 멱살을 잡고
흔들고 내동댕이치고

삽시간에 해운대는
아수라장이 되고

인간은
살겠다고 아우성

태풍 매미는
해운대 앞바다를
멍석처럼 휘말아
장산 허리춤을
순식간에 잘라버리고

거대한 아파트 유리창에
벼락 치듯 달려들어
하얀 거품 물고 산산조각 내더니
어젯밤 광기가 부끄러운지
동이 트기 전에
자취를 감췄다

녹색의 계절

꽃들의 그리움이
채 마르지도 않았는데

녹음은 푸르름이
대지를 덮었네

태양은 자글자글
아스팔트를 녹이고

청춘은 목이 말라
하늘만 쳐다본다

구름은 정이 많아
예정에도 없던
소낙비 한 줌
뿌려주었다

청춘은 피톤치드로
푸르름을 자랑하고

인간은 기지개 펴고
행복을 즐기네

신선이 따로 없네

삼복더위
하늘 중허리에
돗자리 펴고
세모시 둘러 입고
큰대자로 누웠더니
반가운 손님
양 문으로 들어오니
에어컨이 무색하다

떠도는 구름 보고
뭉게구름 조개구름
비단구름 선녀구름
예쁜 이름 불러주고
시 한 소절 보냈더니

그리움 가득 담아
바람에게 보내왔네

신선이 따로 없네
내가 바로 신선일세

왕복 없는 승차권

인생은
시곗바늘처럼 돌고 돌다가
고독에 젖고 슬픔에 안기고
소풍온 듯 다녀가는 시간 여행

뒤돌아 가는 길 없어
왕복 없는 승차권 한 장 들고
마냥 기다린다

수없이 스쳐 가는 열차를 전송하며
세월을 잡아도 잡아도 잡을 수 없어
허무를 노래하며
살다 가는 것

늙지 않으면 사람이 아니고
가지 않으면 세월이 아니다

그리움은 삶의 에너지

살면서 아련한 그리움
누가 하나 없으랴

기쁠 때 꺼내보고
슬플 때 꺼내보고
외로울 때 꺼내보면
답은 그 안에 있더라

세월이 주고 간 수첩 속에
겹겹이 쌓인 사연
그리움의 징검다리 되어
사랑으로 엮어 놓고
마음 한쪽 뚝 떼어
그대에게 보냈더니
돌아온 답은 그리움

바위를 녹이고 싶다

몸은 작지만
바위를 흔들고 싶다

세상살이 고달파
가슴이 바위처럼 굳어갈 때
하얀 눈을 녹이는 태양처럼
읽으면 읽을수록 향기나는
따뜻한 시 한 소절
바위 속에 담고 싶다

그 온기를 품고
바위가 조금씩 조금씩 녹아내리게

이별

타버린 가슴 안고
몸부림치며 떠난 길이
영영 이별이었습니다.

재가 되어
허공으로 날아가 버리고
가슴 가득 안아도
멀어지는 그리움
영영 볼 수 없는
이별이었습니다

아득히 먼 길을 돌고 돌아
한 점 구름 되어
맑은 하늘 소낙비로 오실 때
임자 없는 의자에 등을 기대고
머리부터 발끝까지
흠뻑 맞이하겠습니다
망부석처럼….

옛 생각

밤마다 소쩍새는
뜰앞에서 울고

바람은 등을 밀고
그리움은 담을 넘고
별빛은 길을 밝히고

밤새 무서리는
머리 위에 백발을 만들었고

소쩍새는 울다 울다가
그리움을 안고 떠나고

청춘은 가슴속에 실타래 같은
추억을 만들었다

들국화

비탈길
올라가며 내려가며
무심코 휘어잡은 손안에
짙은 향기 한 줌

양손 꼭 잡고
깊은 골방에
남몰래 숨겨두고

그대 오시는 날
방안 가득 펴리라

침묵

청산은 그 자리에
언제나 그 자린데

창공은 어찌하여
시도 때도 없이 변덕인가

가고 오는 세월따라
그 많은 사연들을

지나는 바람결에
고이 묶어 날려놓고

묵묵히 긴 세월을
청산은 말이 없네

그대는 말이 없고

창 너머 외로운 숲길
허허로움이 가슴 한켠 비집고 들어와
설 자리도 없는데
누워 버렸다

간간이 새소리도 들리고
붉은 단풍 하나둘
창틀에 매달리고

저 건너 철길 너머 희미한
그대 뒷모습 아련하다

불러보고 싶지만
달려가고 싶지만
노을에게 부탁한다

태양이 웃을 때

새벽달을 보내고
검은 바다를 가르며
치솟는 불빛

대지는 숨을 죽이고
우주는 붉게 타오르고

신비롭구나!
장엄하구나!

만물은 깨어나
기지개를 펴고
생명의 에너지
흠뻑 마신다

우주의 법칙을 준수하며
천지는 밝아오고

태양은
구름의 눈치를 보더니
쨍쨍 박장대소하며 웃고 있다

노정순

깊어가는 가을 형형색색으로
계절에 아름다움을
초대한 시월에 끝자락에서
사랑스러운 연인을 가슴에
품는다

PROFILE
충북 보은 출생, 창시문학회 회원

한나절 햇빛

주인도 없는 집 안에
창문 열고 들어와
붉은 소파 모서리 앉자 기대어
내려다보고
올려다본다

허락도 없이 안방 침대에
들어와 납작 드러누워
이불 덥고
베개 벼고
벌러덩 누워 새파란 하늘 이야기
싱그럽구나

한나절 상큼한 햇빛 내려와
너는 마치 자기 집처럼
따스한
한나절 수다 늘어놓는구나

붉은 달맞이꽃

노오란 연무 비가
행길을 따라
물길을 따라
처연한 달빛을 향해
나지막이 피어오르던
어스름한 저녁

마음에 이슬을 않고
달빛 따라
신장로에 나서면
금토동 실개천 풀섶
숨어 고개 내밀며
달여와
눈가에 영롱한 미소 띄우던
노오란 달맞이꽃
내 고요한 마음속
피어있었구나

금토동 실개천에
달맞이꽃 무리들이

그대여

그대여~
그대는 알고 있나요

오늘이 지나 붉은 노을
청계산 국사봉 끝자락으로
길 떠나가는
어스름한 저녁 어제가
등을 돌린 것임을

어둠이 거치고 찬란한 여명이
떠오르면 어제가 버리고 간
어두운 그림자 뒤로 하고
오늘이 내려앉아 새 출발
새 희망을 다짐한다는 것을

황사 모래

끈임없이 고요하게
견뎌내거라

저 어두운 황사 모래가
다 날아갈 때까지

저 검은 바람이 날아가면
반듯이 새파란 하늘이
너를 안으리

눈이 부시게 화창한
태양이 떠오를 때까지

억새꽃

여름 장마 심술에 물 억새 치마
쓰러졌다 일어서기를 수여러 번
태풍의 흔적으로 소낙비가
서둘러 짐을 싼다

정자동 탄천 뚝 언저리
한여름 천둥 번개 빗줄기가
서로 엉켜
머물다간 가장자리에

불현듯 가을바람 살랑살랑
억새꽃 잠을 깨운다
사그락사그락 휘파람 소리에
단잠을 깬
붉게 물든 억새 치마
출렁이는 금빛 물결 일렁인다

할머니 대열에 합류하던 날

가을 문턱으로 가는
9월 춥지도 덥지도 않은 초가을
하늘 맑은 세상과 첫 만남

소중하고 귀한 인연
우렁차게 울리는 울음소리가
할머니 대열에 확실하게 합류시키던
보물 첫 손주 주은아
할머니가 된다는 설렘 가득했단다

주은이가 가족 품으로 안기던 날
가슴 벅찬 너를 안고 환희에 찬
축복의 기도를 드렸단다

생명의 탄생은 상상할 수 없는
신비로움 하느님 주신 축복임을
감사드립니다

맑은 가을 하늘 가르고 눈부시게
힘찬 첫 발걸음으로

가족 품으로 힘차게 안긴 사랑스러운
주은아 건강하게 잘 자라거라

주은아 사랑한다

수빈이가 응아 하며 오던 날

한겨울 이겨내고 연분홍
벚꽃 망울 하나둘 세상 밖으로
터져 나오던 햇살 맑은 날

온 세상 축복으로 파릇파릇
새순이 돋아나는 봄날
사랑스럽고 소중한 수빈이가
해맑은 새 생명으로
가족 곁으로 힘차게 응아하며
보석처럼 내딛는 첫걸음이
꿈결인 듯하구나
수빈아 할머니는 이 세상 모두 가진 것
같구나
기쁘다

따사로운 봄 풀잎 속삭이며
곱게 돋아나고
온 세상 방글방글 맑게 웃으며
피어나고 ˙
사방이 온통 알록달록 축복이구나

수빈아 사랑한다

고운 너

산등선 해 떨어져 넘는 너
아름다운 들꽃 붉은 노을
물들이고

고운 집 찾자 길 떠나가는
노을빛 황홀한 짧은 순간
불꽃으로 내려앉을 때

산등선 예쁜 집 짓고
민들레 홀씨 되어 너 여기
바람결 찾아들어 영원한
꿈을 펼치누나

두둥실 뭉게구름
떠오르는 너의 뒷모습
하늘에 피어 있는 꽃 무지개
평화로운 나라에 꽃구경
떠나가는구나

테라스 찻집의 별

줄지어 정겹게 펼쳐진 테라스
찻집 언저리에
푸른 별 내려앉아 곳곳에 수많은
풍경화 수채화 그림 물감 풀어
내려놓았으리라

스쳐 지나가는 솔솔바람
수억만 개 보따리 사연 풀어
내려놓았으리라

아름다운 꽃 향기로움으로
우주 만물을 뒤흔들어놓고
그림자 흔적이 없네

여름 장마 흘린 눈물방울이
우주 끝까지 흘러 넘쳐 넘쳐
홍수가 났으리라

태풍 비바람 홀로 방천 뚝 만들어내고
한 잎 두 잎 푸른 날개
떨어져 날아갔네 고요한 높은 연못

붉은 하루해가 저물어 가는구나
텅 빈 고속도로 휴게소 같구나

완행버스 여행

어두운 비바람 서풍에 날아가고
회갑 여행 보따리 하나 들고
붉게 물든 서녘 하늘
완행버스 의자에 앉아 여유롭다

야생화 몽골몽골 은은하게 피고 지는
들녘으로 여행을 떠날 것이다
어둠이 내리는 한적한
시골 완행버스 정거장으로
내려도 볼 것이며

모락모락 피어오르는 굴뚝 연기가
그리울 때가 있어
홀로 떠나도 볼 것이다
저녁 밥 짓는 아낙이 있는 곳으로
무턱대고 떠나도 볼 것이다
하늘에 계시는 어머니가
그립고 그립고 또 그리워서

길 따라 물 따라
바람 따라 떠나가다 보면 둔벙

맑은 향기로운 연꽃처럼
그윽하게 물들고 싶기도 할 것이고
아름답게 물들고 싶기도 하겠지

나 그렇게 곱게 물들고 싶다

가을 하늘 색동 창작 스케치

정자동 캠퍼스 청명한 하늘빛
소양호 물빛보다도 더 파아란
색 도화지 펼쳐 놓으시고
색동창작 스케치 동아리가 열렸구나

따사로운 가을 크레파스 잠시 내려앉아
햇살의 마음과 생각을 담아
알록달록 천연물감 풀어
예쁜 손끝으로 반짝이는 눈빛으로
정성스럽게 뿌려 놓으신다

살랑살랑 수채화 풍경 소리 바람 붓으로
가을을 잡아들고 수줍은 빛으로
화려한 빛으로
때론 영롱한 빛으로
사그락 사그락 사그락
크레파스 그림을 그리신다

새파란 하늘 도화지
선명한 가을 물감으로
바스락 바스락 바람 붓으로 빚어낸

가을 무지갯빛이 곱구나

가을이 아름답네

기억 열차에서

수없이 먼 길을 달려나가고 있는
물길을 잡아당겨 두레박 물바가지
철철철 넘치도록 담아
힘껏 끌어당겨볼 것이다

생생하게 멀어져가는 기억 열차에
탑승을 하고 하마터면 나 모를 뻔하였던
소중한 핏줄기 추억 속으로 들어가
피 터지게 살아가던 민초들의 톱밥 생활
흙 거미줄을 부여잡고 삶의 끄나풀에
매달려 늘 허기가 진 영혼들이
외롭고 서럽고 고단했던 하루하루였지

시크름한 향기가 너의 삶이었을까
천둥 번개가 나의 삶이었던가
지구의 먼지가 민초들의 삶이었을까

지독한 페인트 향수 냄새가
샤넬 향수보다 더 향기롭던 지난날
마디카 먼지가 먹고 싶구나
귀창이 터질 것 같은 자동 나빠

소리 나의 대동맥을 이끌어주던 시절

세월 속에 멀어진 낙생 공예사

사랑비가 내린다

부모님 살아생전 땀으로
얼룩진 너무대 밭 그대로인데
밤나무 감나무 대추나무 은행나무
무성히 열매 열리는데
밤이나 낮이나 적막이 흐르는
마을도 변함이 없는데
어머니 아버지 사랑비 많이
흙 마당에 뿌려집니다

아들 셋 딸 하나 기르시느라 고생
하시던 부모님
손발톱이 늘 까아만 반달
서럽고 고단했던 부모님 살아생전
동동구루무 한 번 바르지 못하시고
강한 태양 빛에 그을린 모습이
흑진주알로 다가옵니다
눈시울 그렁그렁하신 부모님 젯 마당
오르시던 날
어린 시절 기억이 생생합니다

청국장 호박잎 빵 상추 쌈이 그리워

홀쩍 부모님 곁으로 내달려가 보지만
이미 떠나가신 지 수여러 해
산모퉁이 돌아갈 때 대답 없는 봉긋한
얼굴만이 나를 안아 준다
오늘도 부모님 사랑비 바다로 일렁인다

2014년

2014년
내일을 약속할 수 없는 침대에
누워 소리 없는 절규만이
우주로 번져 나가던 날
유리창으로 반짝거리며 웃던
햇빛을 부여잡고 묵묵히 일몰하며
미지의 세계를 꿈꾸던 일 년

창문 앞 햇살 맑은 아침
탄천 운동하는 사람들이
내 시선에 들어온다
나는 언제나 건강한 몸 지탱하고
언제 현실이 될지 모르는
가상의 꿈을 꾸며 현실을 직시했던
지난날

빈대처럼 침대 위에 날개를 접고 누워
쇠약해질 대로 약해진 몸으로
살아내야겠다는 간절한
소망 하나로 거미줄을 붙잡고
버티던 2014년

걸어가보자 저 넓은 세계로
다짐하고 또 다짐했었지

실타래 구름

이른 아침 서두름 없는
긴 여정 앞에
뽀얀 실타래 구름 내려앉아
새벽 폐부를 가른다

정자동 빌딩 속 중심부에
한계령 휴게소에서
만났던 하얀 구름 친구들이
모여들어 여명이 트기 전
도시의 지친 영혼들을 감싸
앉는다

창문 틈 총총히 실크 구름
오케스트라 연주
사랑의 세라나데
뽀얗게 하얗게 퍼지는구나

하늘나라에서 강림하신
하얀 구름 창가에 서성이네

이종연

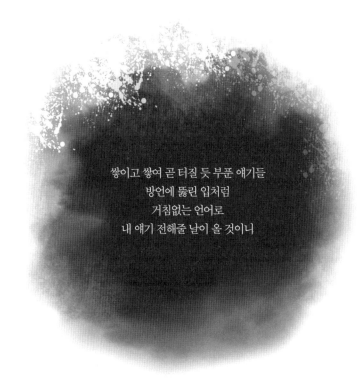

쌓이고 쌓여 곧 터질 듯 부푼 얘기들
방언에 뚫린 입처럼
거침없는 언어로
내 얘기 전해줄 날이 올 것이니

붉은 별, 화성 | 라 노비아
모두 사라지는 것은 아닌 | 고흐, 고통은 끝이 있다

P R O F I L E
서울 출생. 서양미술사 강사. 창시회원

붉은 별, 화성

Ⅰ.

얼마나 될까
아득히 먼 '화성'이라 이름 붙인 별
말라버린 줄 알았던 그 별에 물이 있단다

흙 먼지 풀풀 바싹 마른 거친 황토
한구석 허물어 내린 낮은 둔덕
그 먼 동네에도 소금물 개천 흐르다니

분화구 비스듬히 비탈 따라
여러 겹 풀 줄기 슬쩍슬쩍 스친 붓의 갈김
가느다랗게 주절이는 별의 문자

오랜 얘기 읊조리노라니
눈물 흐른 길 푹 파인 메시지
간절한 의미 귀를 스쳐 허공에 날린다

Ⅱ.

40억 년 전 거기엔 큰 바다 있었다는데
버석거리는 바닥에 물 출렁였다는데

헤아릴 수 없는 시간, 거리
와 닿지 않는 흙, 공기, 빛의 감각
가늠할 수 없는 우주의 한구석
잡히지 않는 그 별, 그 자리

와르르
달려가 보고픈 거기엔
바람 있을까
흰 구름 떠 있을지
소리 있을까
추적추적 비는 내리는지
견딜 수 없는 궁금증은
넘을 수 없는 절망의 벽이 되어 나를 가둔다

가둠은 끝이 있다
쌓이고 쌓여 곧 터질 듯 부푼 얘기들
언젠간 방언에 뚫린 입처럼
거침없는 언어로
니 얘기 전해줄 날이 올 것이니

그 광활한 언어의 축제가 열리면
붉은 별, 화성
나 신나는 축제에 꼭 초대해다오
너와 밤새운 얘기로
바싹 타들어가는 갈증에
폭포물을 퍼부을 것이다

라 노비아

너 대여섯 살 적이지 아마
이모는 집에 오면 한참을 머물렀다
대구에서 서울이
지금 미국보다 더 아득하던 시절

이모와 함께 집 안엔 종일 노랫가락
빙글빙글 돌아가는 검은 동그라미 위로
음표가 산들거리며
흥얼흥얼 끝도 없이 기어나왔다
노는 아이의 눈으로 들어가
하늘에 별로 꽁꽁 박힌 음표들

세월이 흘러
붉은 칸나만큼 키가 된 아이
'이모 노래'로 기억된 별들의 이름을 건져내기 시작했다

질리오라 칭게티, 커니 프란시스, 패티 페이지, 앤 마가렛, 에벌리
브라더스…
깨알 같은 별
끊임없이 뜨고 지는 별

으짜자잔 으짜자잔
달달한 신파조 리듬, 가사, 가락
선한 목소리 정직한 창법
시절 지난 촌스러움엔 여백이 있어
너그럽게 남겨진 공간에
자잘한 시간들이 그렁그렁 널렸다

마당에 내려앉던 노란 햇빛
풀풀 찬바람 들이키며 삐죽이던 개나리
깔깔거리던 자매들
벌 잡으려 후려치던 색동고무신
언니 책에 그려진 고추 널린 초가지붕
아, 생각보다 엄마는 너무 젊네!

윤회의 줄기 따라 흘러갈 별은
시간의 깊이만큼 두툼하게 온기를 엮어났다

별 뜨던 어느 날
이모는 시집갔고
대구는 더 멀어졌다

*질리오라 칭게티 '라노비아'(Gigliola Cinquetti 'LaNovia')

모두 사라지는 것은 아닌

휘…
소슬바람 한 줄기
출렁거리던 시간 작렬하던 태양
축제는 끝났다

회색 하늘 휘갈겨진 앙상한 가지
움츠린 이파리 팔랑거리다
향기로 내려 가슴에 쓸리니
여러 번 스쳤던 그 지점
색색의 기억들 포개져 시간의 띠가 되어 있다

시간은 지나가지 않는다
단지 늘어져 놓여 있을 뿐

저마다 다른 모양으로 새겨 넣은 시간
너의 시간은 너만큼 의미를 담아
정점이 어딘지 모를 빛의 길로 내뺀다

너라서 아름답다
지금이라서 좋다

그러니

기억하려 하지 마라
기억하면 과거가 된다

고흐, 고통은 끝이 있다

푸른 밤
별 후두두둑 떨어진다
별은 강이 되어 흐르다 노란빛으로 떠돌며
세상의 눈동자 적셔간다

훨훨 날고 싶은 미련 끈적거려서
고독을 붓으로 휘갈겨 캔버스 울리고
아직도 많은 사람들 옆을 서성이는가

텅 빈 뱃속 깊은 곳 꺽꺽
질러대도 듣지 못한 투명한 너의 얘기
이제 푸른색 목소리 되어

누구도 거들떠보지 않던 그림 앞에
사람이 들끓고
헬 수 없는 돈이 줄 서고
영롱한 언어로 너를 칭송하기에 입이 바쁘다

세상의 섬에 홀로 갇힌 사람아
이제 좀 위안이 되는가
한 마디라도 건넬 누구 옆에 있는가

간절하던 따뜻한 밥 한 끼 드시고 있는가

영혼을 쏟어 담은 그림
감성에 비 적시고 돌아서
벅찬 가슴 고마움 일렁여도
그 지독한 힘듦
한 줌 덜어줄 수 없구나

"고통은 영원하다"던 마지막 너의 말에 얹힌
생의 무게만 한
빚을 진다

---

*빈센트 반 고흐, 론 강의 별 빛나는 밤(Vincent van Gogh, Starry Night Over the Rhone, 1888)

이종선

사랑으로 함께한 예쁜 추억들
운무처럼 내려앉은 삶의 그림자
햇살에 부서지는 무지개 닮은
은빛 나래 꿈 그리며 묵상을 한다.

PROFILE
충남 천안, 창시문학회 회원

가을비

어스름 저녁 포장마차에 앉아
한잔 술에 취한다
회색 하늘 저편으로
빛나는 별 하나
그 별 언제나 내 주위를 맴돌았다

뚝뚝 낙숫물 소리
뒤뜰에 잠든 풀벌레 일깨워
빗소리 밀어내려 합창한다
찌르르 찍 찌르르
가슴 파고드는 저 소리
그 별 보내고 애끓는 그 소리 들린다

홀쩍 지나간 시간 속에서
사랑으로 삶의 길 알려주신 부모님 생각
박제된 의식에 매여
흐느껴 울지도 못하고
투박한 술잔에 눈물만 고인다

빈자리

그대 머물다 떠난 자리
그렇게 크고 넓은 줄 몰랐습니다
따스하고 편안한 줄도
즐겁고 행복한 시간인 줄은 더욱 몰랐습니다
함께했던 순간들 못내 아쉬워
그대 머물던 자리에 살포시 앉아봅니다

그대 보내고 혼자 있으니
허전하고 외로워
가슴 아파할 줄은 더욱 몰랐습니다
함께했던 시간 그리워할 줄 알았더라면
그대 마음 희롱하고 품어줄 것을

하얗게 타버린 가슴 채우려
오늘도 창밖을 바라봅니다
사랑이 무엇인지 알지도 못하고
홀홀히 떠나보낸 내가 미워서
기약 없는 까만 시공 응시하며
그대 오실까 숨죽이고 기다립니다

꽃비

남풍이 불면
새들 털고르며 조잘조잘
아지랑이 너울춤에
버들개비 함초롬히
파름한 옷 갈아입고
수줍게 하품하는 이파리 귀엽다

꽃비 맞으며 꿈을 쫓는 소녀는
허접한 살 비집고 얼굴 내미는
냉이랑 씀바귀 돌나물 뜯고
양지바른 언덕에 시름 묻는다
개구쟁이 아이들
다람쥐 같은 삶의 본능을 배운다

남풍 불어 좋은 날
꽃향기 찾을 그대 그리다
이슬에 젖고 술에 젖는다
이 봄도
그녀의 가슴엔
나풀나풀 꽃비가 내리겠지

친구여 안녕

하루해는 속절없이 짧아만 지고
밤은 어쩌자고 자꾸 길어만 가는가
아마도 그것은 화려한 노을빛 속에
어둠을 잉태하기 때문은 아닐는지

황금빛 창공에 원시적 아름다움
그 사이를 가로질러 나르는 흑두루미
짝 잃은 애잔한 울음소리 허공에 여울져
산야에 흐드러진 억새풀 사이를 맴돌고
노을은 점점 검붉은 핏빛으로 짙어만 간다

산란한 마음 접은 날개 속에
숨기고
네 안에 짐 내려놓지 못한 채 떠나간
흑두루미
불러도 뒤돌아보지 않는 흑두루미

이별

황혼녘 홀홀이 날으는
백로는
하얀 달 품으려 안달한다
뒤돌아 날개 접고
검은 그림자 따라간다

안녕
손 흔들어 석별의 정도
매듭진 실타래도 풀지 못하고
꿈 접은 채 하얀 천으로 덮어
차가운 침대 위에 누워있다

바람에 휘둘릴까 잠 설치던
크고 작은 억겹들 모두 내려놓고
노란 모시적삼 화장도 예쁘게
임 곁에 고이 잠드소서

빛바랜 결혼 사진

구름이 걸쳐진 산자락 끝에
졸음이 깔린 눈두덩 위로
바람의 화신처럼 달라붙은
세월의 흔적들

어둠이 내려앉은
내 그림자를
애잔한 눈빛으로 바라보던
당신
삶의 끈 잡고 또 꼭 잡으라며
정체된 삶
일으켜 세워주든 고마운 내 사람아.

횃불을 밝혀 들고

가을비 추적거리는 밤
창문 저편에 너울너울 춤을 추며
내 혼을 빼앗으려 하는
너희들은 누구냐

식탁 앞에 앉아도
커피 생각에 창가에 앉아도
찻잔 속에 일렁이는 악령들
지친 몸 달래려 잠자리에 들어도
밤이면 온통 내 작은 가슴을
벌통처럼 헤집으며 단잠을 빼앗는다

생의 굽이마다 섬뜩섬뜩 나타나
내 일상의 트랙을 일탈하게 하는
너는 누구이고
너는 또 누구냐

스쳐 흐르는 시공 속에서
실타래처럼 엉킨 영혼을 찾아
뒤척이며 잠 못 이루는 밤에도

기어이 살뜰한 내 삶을 놓지 않으려고

어두운 이 밤도
횃불을 밝혀 들고 나를 지킨다

설산의 그리움

고개 떨군 회색빛 하늘
정체된 삶의 끈 잡고
시류에 묻어가는 나목들
서릿발 달빛에 가슴 드러내고
가지마다 하얀 눈꽃 이불 삼아
켜켜이 쌓인 억겁을 지운다

빛바랜 번뇌망상
계율의 깨달음 온몸으로
오체투지 수행하는데
길섶에 서성이는
풍경 소리 정겹다

백야의 설산에 불어오는
칼바람 옷깃 여며도
마음 시린 것은 어이할지
야명조* 닮은 삶이 싫어
설산에 비추인 햇살 그리며
하얀 흔적들만 남긴다

---

*야명조 : 히말라아 설산에 사는 새로 밤이면 나무에 거꾸로 매달려 밤새도록
구슬피 운답니다. 울음소리는 내일은 집 지으리 내일은 집 지으리 하는 것
같이 들린다네요.

문학 이론

시의 얼굴 익히기

지연희(시인, 수필가)

시의 얼굴 익히기

지연희(시인, 수필가)

시를 쓰는 일은 아직 가보지 않은 미지의 세계를 향한 길 열기이다. 누구도 밟지 않은 하얀 눈길 위에 첫 발자국을 남기듯 시는 언제나 낯선 길을 낯익음으로 여는 개척자의 걸음이다. 시냇물 위에 반짝이는 햇살처럼 환희로 눈부심으로 와 닿는 감동의 시 세계는 때문에 언제나 신생아의 눈빛처럼 영롱한지 모른다. 세상 속 기존의 관념을 뛰어넘는 의식의 전환, 많은 시인들은 그 낯설게 하기를 노력해 왔다. 가능한 기존의 질서로 명명되어진 이름들의 의미를 새로운 시선으로 마주 서 바라볼 수 있기를 기대해왔던 것이다.

'시는 어떤 논리의 그물에도 걸리지 않는 자유'를 지니고 있다는 김수영 시인의 언급처럼 감성의 가장 순명한 빛깔을 체득하여 언어 구조화 해야 하는 시의 길은 오직 시인 자신만의 특명한 언어가 존재하게 된다. 시인은 그 한 마디의 언어를 가슴으로 출산하기 위하여 산고의 밤을 지새우는 것이다. '詩人'은 바람직한 시의 생명을 잉태한 산모이며 펜을 놓는 그날까지 끊임없이 새로운 언어의 생명 출산이 가능한 임부姙婦인 것이다. 이는 사람의 지혜로 명명되어진 문자는 사람의 생각을 전달하는 언어라는 도구이지만, 감정의 미묘한 낱낱까지 표현할 수 없는 문자의 사전적 한계 때문에 시인은 시시때때로 흔들리는 감성의 크기를 담는 언어를 구축하지 않을 수 없다.

'눈이 많이 온다' '꽃이 너무 아름답다' '마음이 슬프다'라고 하는 사전적 언어만으로 시는 신기루처럼 야릇한 감성의 세계를 구현하기 어렵다. 김광균의 시 '설야雪夜'는 그와 같은 막연한 공법의 어떤 문자로도 가슴 벅찬 경탄의 감정을 담을 수 없어 깊은 밤 온 세상을 덮는 눈 내림의 감회와 추억을 '먼 곳 여인의 옷 벗는 소리'로 대신할 수 있었다. 여인의 감미로운 옷 벗는 소리를 엿들을 수 있다면 이 설야의 신비를 가슴으로 담을 수 있게 했다. 제아무리 '눈이 많이 온다'고 하여도 그 많다는 크기는 막연한 것이며, '흰 눈 쌓인 세상이 너무 아름답다'는 아름다움의 정도 역시 구체적이지 못한 표현 방법이다.

어느 머언 곳의 그리운 소식이기에
이 한밤 소리 없이 흩날리느뇨.

처마 끝에 호롱불 여위어 가며
서글픈 옛 자췬 양 흰 눈이 내려

하아얀 입김 절로 가슴이 메어
마음 허공에 등불을 켜고
내 홀로 밤 깊어 뜰에 내리면

머언 곳에 여인의 옷 벗는 소리.

희미한 눈발
이는 어느 잃어진 추억의 조각이기에
싸늘한 추회 이리 기쁘게 설레이느뇨.

한줄기 빛도 향기도 없이
호올로 차단한 의상을 하고
흰 눈은 내려 내려서 쌓여
내 슬픔 그 위에 고이 서리다.
　　　　　- 김광균의 시 「설야」 전문

　시는 카메라맨이 포착한 피사체의 초점을 중심으로 말하려 하는 메시지를 언어의 중심축에 담고자 한다. 슬픔이건 기쁨이거나 절망과 희망의 희로애락이 이끄는 감정의 지시에 따라 언어라는 도구를 시의 행과 연으로 배열하는 것이다. 한 그릇의 된장찌개를 끓여내기 위해 가장 적절한 재료를(피사체에 담긴 초점 주변의 불필요한 사물 혹은 인물들을 점검 배제해내고) 렌즈(뚝배기)에 담는 것이다. 된장찌개는 어떤 재료를 사용하는가에 따라 맛이 다르게 된다. 주제(초점)의 내용에 부합하는 된장을 풀고 멸치, 아니면 쇠고기를 (기본적인 맛) 우려내야 하지만 호박과 두부, 파는 된장찌개에 없어서는 안 될 재료들이다. 다만 쇠고기이거나 멸치를 우려낸 맛은 각기 다른 성질의 기본적인 맛을 보여 준다.

　같은 이름의 된장찌개라 하더라도 국물의 맛에 따라 맛이 바뀌게 된다. 마치 사랑이라는 의미의 글을 쓸 때 그 사랑은 기쁨의 정서, 슬픔의 정서, 미움의 정서, 불안한 정서 등으로 주제를 제한하여 한 편의 시를 완성시키듯 글은 어떤 정서를 담아야 할 것인지를 처음부터 설계하고 펜을 들어야 한다. 카메라의 앵글은 어떤 피사체에 초점을 맞추느냐에 따라 주변 사물을 소재로 선택하고 혹은 배제시키게 된다. 시인의 시선에 닿는 수많은 배경 속 사실들이 모두가 하나의 의미가 되는 건 아니다. 어떤 현상 속 의미들은 각기 특별한 이유로 결합되어 놓여 있다. 시인은 그들 의미 중에서 오늘 내게 필요로 하는 의미들만을 재료로 차용하는 것이다.

구두를 닦으며 별을 닦는다
구두통에 새벽별 가득 따 담고
별을 잃은 사람들에게
하나씩 골고루 나눠주기 위해
구두를 닦으며 별을 닦는다.
하루내 길바닥에 홀로 앉아서
사람들 발아래 짓밟혀 나뒹구는
지난밤 별똥별도 주워서 닦고
하늘 숨은 낮별도 꺼내 닦는다.
이 세상 별빛 한 손에 모아
어머니 아침마다 거울을 닦듯
구두 닦는 사람들 목숨 닦는다.
목숨 위에 내려앉은 먼지 닦는다.
저녁별 가득 든 구두통 메고
겨울밤 골목길 걸어서 가면
사람들은 하나씩 별을 안고 돌아가고
발자국에 고이는 별바람 소리 따라
가랑잎 같은 손만 굴러서 간다
            ― 정호승의 시 「구두 닦는 소년」 전문

차례를 지내고 돌아온
구두 밑바닥에
고향의 저문 강물 소리가 묻어 있다
겨울보리 파랗게 꽂힌 강둑에서
살얼음만 몇 발자국 밟고 왔는데
쑥골 상엿집 흰 눈 속을 넘을 때도

골목 앞 보세점 흐린 불빛 아래서도
찰랑찰랑 강물 소리가 들린다
내 귀는 얼어
한 소절도 듣지 못한 강물 소리를
구두 혼자 어떻게 듣고 왔을까
구두는 지금 황혼
뒤축의 꿈이 몇 번 수습되고
지난 가을 터진 가슴의 어둠 새로
누군가의 살아있는 오늘의 부끄러운 촉수가
싸리 유채 꽃잎처럼 꿈틀댄다
고향 텃밭의 허름한 꽃과 어둠과
구두는 초면 나는 구면
건성으로 겨울을 보내고 돌아온 내게
고향은 꽃잎 하나 바람 한 점 꾸려주지 않고
영하 속을 흔들리며 떠나는 내 낡은 구두가
저문 고향의 강물 소리를 들려준다.
출렁출렁 아니 덜그럭덜그럭.
　　　－ 곽재우의 시 「구두 한 켤레」 전문

　　정호승의 「구두 닦는 소년」과 곽재우의 「구두 한 켤레」는 두 시
인 모두 동일하게 구두를 소재로 각기 다른 의미의 주제를 이미지
로 보여주고 있다. 정호승의 「구두 닦는 소년」은 시인의 객관적 시
선으로 소년을 들여다보는 감성의 구현이다. 새벽이면 구두통을 메
고 집을 나서는 소년의 일상을 어둠에서 별빛으로 일으켜 세우는
행과 연으로 그려내고 있다. 반면 곽재우의 「구두 한 켤레」는 자신
의 발밑 낡은 구두가 읽어내는 고향의 기억을 감성의 통로로 재언
하려 한다. 이처럼 같은 사물을 바라보고도 어떤 의미를 채색할 것

인가에 따라 시의 감동은 색감을 달리한다는 것이다. 글은 무엇을 쓸 것인가도 중요한 일이지만, 어떻게 쓸 것인가는 더욱 중요한 일이다. 두 작품은 모두 훌륭한 작품으로 많은 독자의 사랑을 받고 있을 만큼 시적 언어의 형상성을 보여주는 성공한 시이다.

구두를 닦는 가난한 소년은 시인의 영혼의 옷을 입고 마치 수호천사가 되어 고단한 생존을 이어가면서도 별이라고 하는 희망을 깃발처럼 달고 하루를 연다. 구두 닦는 소년이 아닌 구두 닦는 사람들의 절망을 닦고, 어머니 거울을 닦듯 구두 닦는 사람들 목숨 닦는 일을 한다. '별을 잃은 사람들에게/하나씩 골고루 나눠주기 위해/구두를 닦으며 별을 닦는다'는 구원 의지를 보여준다. 어쩌면 사람들의 구두 위에 더 많은 별을, 더 영롱한 별을 만들기 위하여 손가락에 온 힘을 기울였을 소년을 연상하지 않을 수 없다. '하루내 길바닥에 홀로 앉아서/사람들 발아래 짓밟혀 나뒹구는/지난밤 별똥별도 주워서 닦고/하늘 숨은 낮별도 꺼내 닦는다'는 아름다운 소년의 일상이 감동으로 다가선다.

곽재우의 「구두 한 켤레」는 '차례를 지내고 돌아온/구두 밑바닥에/고향의 저문 강물 소리가 묻어 있다'는 위의 시는 고향에 다녀온 화자의 심중에 묻어있는 고향의 정서를 손끝으로 만지듯 짚어내고 있다. '겨울보리 파랗게 꽂힌 강둑에서/살얼음만 몇 발자국 밟고 왔는데/쑥골 상엿집 흰 눈 속을 넘을 때도/골목 앞 보세점 흐린 불빛 아래서도/찰랑찰랑 강물 소리가 들린다'는 건성으로 밟고 온 고향의 흔적들이 새록새록 가슴으로 일어서고 있다. 곽재우의 '구두 한 켤레'는 고향 산천을 밟고 온 화자 자신이며 구두는 화자의 대리자적 사물로 존재한다. '한 소절도 듣지 못한 강물 소리를/구두 혼자 어떻게 듣고 왔을까/구두는 지금 황혼/뒤축의 꿈이 몇 번 수습되고' 황혼에 접어든 화자의 나이로 낡은 구두의 삶이 '꿈이 몇 번 수습되는'의 지난 삶을 반추하고 있다.

시는 때 묻지 않은 영혼의 그림자로 시인의 가슴속 감성이 구축한 시의 언어로 세우는 조각예술이다. 다만 섬세하기가 유리알 같아서 실낱같은 허식도 용납하지 않는 진실의 산물이다. '오래된 메달을 엄지손가락으로 감각해내듯이' 대상이 소유한 시간과 그 시간에 내장된 잠든 영혼을 깨우는 작업이다. 신중하기가 첫돌아기의 첫걸음 같아서 수십 년을 함께 걸어도 언제나 첫 시작이다. 다만 시와 함께하는 삶은 어떤 아름다운 의미에게도 뒤지지 않는 기쁨과 행복이 깃들어 깊은 늪 속 같은 번뇌마저 치유되는 마력을 지니고 있다.

짚가리

창시문학회 지음